七輪指♡

*Cuando el diablo terminó de tentarle, le dejó hasta el
momento oportuno.
Lucas 4:13*

ALEX SEIS

VINCE TAPLIN

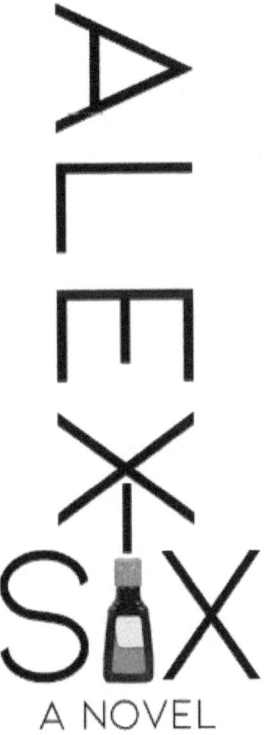

A NOVEL

Dedicado a mi maravillosa esposa, Amy, ¡por apoyar mi pasión!

ISBN: 978-1-7348138-1-4
ISBN: 978-1-7348138-0-7
ISBN: 978-1-7348138-2-1
ISBN: 979-8-9881311-0-6 (UKRAINE TRANSLATION)
ISBN: 979-8-9881311-1-3 (SPANISH TRANSLATION)

Diseño de cubierta por: Vince Taplin
Número de Control de la Biblioteca del Congreso:
2020905601
Impreso en los Estados Unidos de América.

PR3F4CE

Su oficina estaba escasamente decorada con un par de carteles de la Ruta 66 y un cuadro que parecía pintado al estilo de "Realismo de niño de 8 años". Se sentó detrás de una mesita de cristal y me hizo un gesto para que me sentara en una gran silla negra, justo enfrente de ella. Me senté, cruzando las piernas mientras estiraba del dobladillo de mi falda. Sentí una línea de vello perdido en la pierna, una raya molesta que sólo yo podía notar que estaba ahí, pero que me molestaría hasta que me la quitara.

" ¡Bueno! Aquí estamos otra vez", dijo, apoyando las manos en el regazo.

¿Cómo debía responder a aquel cúmulo? Sin duda, no quería iniciar la conversación. No después de la última vez. Se prolongó una larga e incómoda pausa. Ella me sonrió y yo le devolví la sonrisa. Podía oler su perfume. Es barato, probablemente algo que compró en un supermercado.

Su traje seguramente también era una ganga; me di cuenta por el pobre corte de los hombros y las caderas: está claro que ella necesita cobrar más.

Volvió a aclararse la garganta y esperó a que yo hablara. Hay quien describe un silencio pesado como ruidoso, pero eso es una tontería, porque el verdadero silencio es tan silencioso que puedes oír los latidos de tu corazón en los tímpanos.

"La última vez que estuviste aquí...". Abrió su cuaderno y hojeó algunas líneas. "Me dijiste que tu marido estaba raro. También me dijiste que se veía con otra persona". Mis dedos se arañaron entre sí. Deja de moverte y respira. Puedes manejar esto.

"Sí. Lo ha hecho". Bien. Buena respuesta. Ves, estás haciéndolo muy bien, no hace falta que te intimide la chica fea del baile.

Escribió más notas. Podía oír su bolígrafo rascando tinta sobre la página en la silenciosa oficina. Me asomé a su insípido papel pintado y a su pequeño escritorio de roble.

Sobre el escritorio había varios bolígrafos rojos, azules y negros, colocados cuidadosamente en una taza que decía "La mejor madre del mundo". ¿Tiene vodka en el cajón de abajo? ¿Está cansada de escuchar problemas todo el día, un día sí y el otro también?

Su bolígrafo raspó la página. "¿Conoces a la mujer?", preguntó.

"La conozco, sí".

"¿Te molesta que tenga una aventura?".

"¡No me engaña!" Volví a sentir los latidos de mi corazón detrás de los ojos.

Se me humedeció la frente. "Es sólo que... En mi regazo, mi dedo índice trazó círculos a toda velocidad sobre una uña. "No sé, ¡experimenta!". Hice una pausa y volví a acomodarme la falda. "En cuanto descubra lo mucho que lo amo, me amará".

"¿Crees que es una relación sana si él sale con otras personas?", dijo y levantó los ojos del bloc de notas.

"¡No! Evidentemente no es sana, pero siempre hemos tenido una relación interesante. Esto es sólo... sólo... sólo otra bola curva. "¡Para! Deja de alimentarla. Respuestas cortas, ¿recuerdas? Respuestas cortas y controladas.

Tomó más notas. "¿Sabe él que tú sabes de ella?"

"¿Lo sabe? *¿Lo sabe?*"

Me sequé la frente. El maquillaje se me corría, las lágrimas brotaban, mutilando mi máscara de pestañas. Contrólate. No te sueltes. No vuelvas a perder el control. Había olvidado lo difícil que es venir aquí.

La terapeuta deslizó una caja de pañuelos por la mesa. "Háblame de eso".

Alfileres y agujas en la boca. Apreté tanto los labios que se me entumecieron. Saqué un pañuelo de la caja y me limpié las manchas negras de las mejillas. ¿Cómo pudo pasar esto? ¿Cómo me pudo pasar *a mí*? *¿A nosotros?* Lo odio por eso, pero no puedo vivir sin él. Su tacto y su risa y su... todo.

"Lo dejaremos para más tarde...". Garabateó en la página. "¿Sabe que estás luchando? ¿Tomas medicamentos?"

Las palabras están atrapadas. Abrí la boca, pero tenía la garganta demasiado apretada para emitir un sonido. Tenía las palmas de las manos húmedas. "No", balbuceo.

"La última vez que estuviste aquí, me dijiste que te sentías invisible. Como si su vida transcurriera sin ti. ¿Sigues sintiéndote así?".

Se me endureció la garganta alrededor de la saliva que intentaba tragar, como si una serpiente me apretara el cuello desde adentro. ¿Por qué me empujas, perra? Para! - "Sí..." Mis ojos se encontraron con los suyos. Rabia - Tristeza - Por Dios, soy demasiado vulnerable.

Más garabatos. " ¿El conoce tu condición? ¿Tu historia? Tu...", empezó mientras se inclinaba hacia delante, "... tu historial de salud mental".

Te veo.

Te veo observándome desde detrás de tu mesita. Siento tu juicio. Te conozco. Eres como todos los demás. *Te veoeeeeeeeeee.* ¡No! Hoy no.
"No, no conoce mi historia". Soy tan vulnerable. ¿Por qué regresé aquí? Revisa, por favor. ¡Revisa, por favor! Ya terminé. ¡Hecho! Nunca debería haber hablado con nadie de esto. ¿Quién te crees que eres?

Eres una terapeuta campesina con certificados de una escuela pública y un cuadro de un granero de 2 dólares en la pared de la sala de espera. Me levanté y me acerqué a su lado de la mesa. Se echó hacia atrás con una sonrisa engreída e incómoda. "Y nadie más debe conocer mi condición".

Sentí el cuchillo pegajoso al deslizarlo por su cuello. Sus ojos observaron los míos: depredador y presa. Se acercó demasiado - ¿Por qué tuviste que hacerlo? ¡Mira lo que hiciste! ¿Por qué no me dejaste hablar de él, o dejarme hablar de mi día y de lo mucho que lo quiero? O podrías haberme preguntado *por qué* le quiero. O, o, o, o decirme que correrá hacia mí y que me querrá. No quiere a esa otra mujer. *Soy la única para él.* Te hiciste esto a ti misma, Consejera. Deberías haber jugado limpio.

Intentó gritar, pero sólo salían burbujas y gorgoteos. "No conoces mi condición...". Retiro la hoja de su piel. "... ya no."

Se desplomó en la silla, sujetándose el cuello con expresión tonta y sorprendida. Deberías haber sabido que te ladraría, zorra. Sus ojos se apagaron, dejándola con una última mirada tenue e inexpresiva. Se veía guapa.

CAPÍTULO UNO

Los profesores nunca dejan de serlo, sólo dejan de tener un salón de clases. Yo no era diferente. Llevaba cinco años enseñando en la Universidad de Minnesota cuando me despidieron. Dijeron que no seguía el plan de estudios, y eso es una estupidez porque su plan de estudios consideraba que Watergate era un escándalo reciente. Yo quería enseñar a los universitarios a pensar, pero el decano quería que fueran lo bastante listos como para pensar que estaban recibiendo una educación, pero lo bastante tontos como para no darse cuenta de que no era así. Enseñaba cálculo y negocios por la mañana, finanzas generales a la hora de comer y cerraba el día con una clase de educación general.

Me había graduado en la Universidad de Wisconsin a la madura edad de veintidós años. De ojos brillantes, coleta tupida y crédulo. Reclutado en el ejército al salir de la ceremonia de graduación. Tenía una sonrisa, una gorra de graduación y ningún lugar donde estar. Los reclutadores pueden olerlo, antes de que pudiera decir "préstamos estudiantiles" ya estaba en el campo de entrenamiento. Mi mente era aguda, mi inteligencia callejera aburrida.

Los instructores veían que estaba verde. Me sonrojé, sangré y, tras ser acosado, me volví corpulento. Cambié el suave tacto de un libro de texto universitario por el frío apretón de un gatillo. Obtuve el grado de subteniente del ejército y viajé un poco. Vi lugares de interés. Disparé a unos cuantos malos. Aterricé en unas cuantas zonas hostiles y comí unos cuantos hot dogs en otros continentes. Tras perder a unos cuantos amigos y matar a algunos de los suyos, decidí no volver a enlistarme. Volví al mundo civil y encontré el único trabajo que conocía aparte de estrangular extranjeros. El mundo académico. La Universidad de Minnesota me ofreció un trabajo. Tenían un programa para veteranos que me puso por delante de los demás protectores de bolsillos.

Después de que me despidieran, no sabía qué hacer. A pesar de todo, estaba en una posición decente. El ejército seguía enviándome cheques por la bala que me había alcanzado en el hombro. No me dejó problemas de salud a largo plazo, pero se negaron a dejar de pagarme. En los últimos años se habían producido muchos despidos de veteranos en la prensa, así que recibí un paracaídas dorado de la universidad para irme tranquilamente.

No era suficiente para jubilarme, pero sí para pagar mi casa y poner algo de dinero en una propiedad de alquiler. Abracé mi nueva vida y me puse overoles cubiertos de pintura cuando visitaba a los inquilinos para arreglarles el retrete o la estufa. Podía resolver complejos problemas matemáticos en cualquier continente mientras devolvía disparos, pero arreglar una junta rota en un retrete me parecía un ambicioso adversario.

Una tarde, mientras limpiaba el sifón de pelusas de una antigua secadora, mi inquilina me presentó a su amiga. Un encanto. "Esta es Kraya, la amiga de la que te hablé...". Mis ojos se encontraron con los suyos. Luego se encontraron con su femenino escote y su collar de oro. Las joyas de su cuello me llevaron naturalmente a su pecho. Intenté no mirar, pero intentarlo está sobrevalorado. Su cintura y sus caderas eran pequeñas, sus piernas inmaculadas y bronceadas bajo la falda. Me pregunté qué otros tesoros habría debajo. "Así que he pensado en presentarte. Kraya, éste es Víctor". Volví a sintonizar el programa en el momento justo. Me miró tímidamente, reconociendo mis ojos que bailaban por sus costuras.

"Hola", dijo. Esa voz. ¡Uf! Seductora y femenina.

"Un placer conocerte, Kraya. Nombre checoslovaco, ¿verdad?". Por supuesto que tengo razón, pero quiero que sepa que soy algo más que un par de ojitos y una carpa de pantalones.

"Sí, wow. No está mal, Víctor", dijo con más confianza.

"Vick, por favor. Mis amigos me llaman Vick".

"¿Somos amigos, Vick?"

"Me gustaría serlo".

Encontraba cualquier excusa para pasar por la casa de alquiler. Cortaba el pasto cada dos días y trabajaba en el jardín durante horas cuando veía su coche en la puerta. Venía habitualmente a inspeccionar las manillas de las puertas y a probar la regulación del termostato. No tardamos mucho en empezar a salir. Teníamos una conexión. Una gran conexión. Podría escucharla hablar todo el día; por supuesto, nunca llegamos a tanto. El sexo era lo bastante bueno como para que yo solo financiara la adicción a la cocaína de mi quiropráctico.

Al cabo de un año más o menos, se mudó a mi acogedora casa de dos dormitorios en las afueras de Minneapolis. Hablábamos más, cogíamos menos, lo normal. Cualquiera que espere que las esposas y el sexo oral mantengan la misma frecuencia después de que su novia se mude nunca ha tenido novia. Los perros que jugaban al billar pronto fueron sustituidos por una pieza abstracta que "une la habitación". Mis muebles emigraron lentamente al sótano. Mi decoración, antes oscura y sencilla, se sustituyó por lo que ahora se describe como blanco flor con colores "pop", sean lo que sean. En su cumpleaños, le hice el regalo que deseaba desde que dejó de tomar anticonceptivos sin que yo lo supiera.

Un bebé saltarín se apoderó de su fértil vientre. No estaba ni preparada ni desprevenida. No era un problema de dinero ni de responsabilidad, sólo un obstáculo imprevisto. Mantenerlo no estaba en discusión. Era lo bastante lista para saber que no debía tocar ese tema. En lugar de eso, le di con un palo desde lejos: "Nunca nos fuimos de vacaciones a Fiyi. Deberíamos, ohh, espera... No podemos con el bebé". También le dejé un ejemplar de la revista Cosmo con el titular: "Nunca será lo mismo ahí abajo cuando llegue el chiquitín". Todos estos intentos fueron ignorados o malinterpretados. En cualquier caso, iba a llegar.

Siete de noviembre. Llegó. Había visto batallas. Había sostenido a amigos muertos. Nada me preparó para el momento del nacimiento. A la vez hermoso e inquietante. (¿Quizá perturbadoramente bello?) Nos miró fijamente con sus grandes ojos azules. Aprendí entonces lo que es el amor.

Nos casamos poco después. Su vestido era precioso, la sonrisa brillante. Mi esmoquin alquilado, ajustado. Supe que ella era la elegida. La mía. Había estado enamorado antes, en el extranjero y en mi país. Algunos ardientes, otros aburridos. Pero ninguno comparado con Kraya. Dulce. Gentil. Cariñosa. Amable. Hermosa y sexy. Me conocía, me comprendía y a veces me odiaba. Y lo que es más importante, me amaba.

Compramos algunas casas más y nuestro negocio de alquiler pagó las facturas. Al menos la mayoría. Nuestro presupuesto era ajustado, pero no tanto como para tener que presupuestar compras de veinte dólares. Disfrutaba de la vida sencilla. Casada. Hijos. Facturas. Unos cócteles al final del día. Sexo dos veces al mes. Esto es con lo que sueña la gente, ¿verdad?

Pero el sueño se hizo añicos. El día que conocí a Alex...

CAPÍTULO DOS

Los supermercados siempre están llenos. Muchas veces me pregunto quiénes son mis compañeros de compras. ¿Trabajan? ¿Por qué llevan pijama de franela a la una de la tarde? ¿Por qué hay diecisiete cajas de snacks de fruta, cinco frascos de Tylenol y una lata de frijoles cocidos genéricos en su carrito? Repasé mi lista, cuidadosamente diseñada por Kraya. Plátanos, naranjas, puré de manzana, espárragos, brócoli.

Me llamó la atención. Llamó la atención de todos. ¿Asiática, rusa? Algo exótico. Estaba fuera de lugar, como una bicicleta sentada en la cabina de primera clase. Llevaba pantalones, o mallas, o un vestido, una combinación de pantalones llamativa que nunca había visto. Unos leggings ajustados de color canela con bajos de campana y un trasero bíblico en el otro extremo de los mismos. Una abertura subía por el lateral del pantalón.

Levanté mis plátanos y los pesé. ¿Por qué pesa la gente sus plátanos? ¿Les preocupan los veintiséis céntimos adicionales que daría ese plátano de más? Eso me dio un motivo para mirar fijamente a través de la báscula hacia donde estaba ella. Llevaba una pulsera tan delicada que hacía que el hilo dental pareciese una cadena de ancla, y un collar que agitaba piedras brillantes al andar. Sus tacones altos chasqueaban al caminar entre la fruta. Lo primero que pensé fue lo increíbles que le hacían las piernas los tacones. Lo segundo, ¿por qué lleva tacones en un supermercado?

Nuestros ojos conectaron. Te atrapé, amigo. Me desvié hacia la báscula de fruta, levantando una ceja. Embolsé los plátanos y empujé el carrito hacia la sección de peras. ¿Sigue siendo una pera si sólo hay una? Volví a centrarme en mi lista: pan, aderezo, esas cositas crujientes de cebolla. Sigo leyendo, deteniéndome de vez en cuando para mirar por el pasillo y asegurarme de no pisotear a otros compradores mientras huyo de la sección de verduras.

Paso por el pasillo dos y tomo unos espaguetis. ¿Uno? ¿Dos cajas? Están de oferta. Pero, ¿cuál es el precio normal? Entonces la vi. De pie en medio del pasillo, mirándome directamente.

Decidí comprar dos cajas y las arrojé al carrito como un frisbee. Mientras caminaba hacia ella, bloqueó el pasillo con una postura amplia. No me importaba la vista, pero ¿por qué estaba allí de pie? Sonreí cortésmente y susurré: "Hola, disculpe", como haría cualquier buen habitante del Medio Oeste. No se movió. Si se tratara de un hombre de doscientos kilos bloqueándome el paso, la situación sería completamente distinta. ¿Por qué ella era diferente? Probablemente por la cláusula de la sensualidad. Mi carro se acerca. Sigue bloqueándome el paso. Muévete, mujer sexy, tengo lugares en los que estar y papas fritas que comprar.

"Perdona, si puedo deslizarme por aquí a tu lado", le dije, empujando mi carrito a su lado. ¿Por qué me disculpaba otra vez? Porque estoy en Minnesota, maldita sea, y así es como funcionamos.

"No -dijo ella. Sus ojos se ablandaron. Exhaló un suspiro y abrió los labios. Una lágrima se deslizó por su mejilla hasta la camisa (o blusa o lo que quiera que sea esa cosa sedosa y sexy). "¡Es... es increíble!".

Estoy sólo un poco menos perturbado que ella.

"¡Tú... tú te pareces... te pareces a él!", susurró, con una sombría aspereza en la voz.

Sonreí por incomodidad. "¿Señorita? Me parezco... ¿a quién exactamente?". ¿Ya mencioné que seguía perdida en una mirada extraña, dirigida directamente a mí? ¿O a través de mí? Es la ganadora del premio a la mierda más rara que me ha pasado esta semana. Aproveché para mirarla una vez más, ¿por qué no? Estaba lo bastante cerca como para oler el perfume embriagador, aunque agradablemente ligero, con el que se había envuelto. Permaneció inmóvil, mirándome fijamente. "¿Señorita? ¿Puedo ayudarla? ¿Se encuentra bien?"

"Lo siento...", dijo mientras se limpiaba la mejilla. "Lo siento mucho. Tú... tú... pareces alguien, eso es todo". Pasó a mi lado enérgicamente, intercambiando miradas a su paso. Desapareció junto al mostrador de coches de juguete en miniatura y cereales glaseados, dejando el ligero aroma de su perfume y el sonido decreciente de sus tacones sobre los azulejos.

Seguí adelante después de que ella abandonara el pasillo. Necesitaba chícharos. Chícharos verdes.

¿Qué estaba mirando? ¿Pasé los chícharos? ¿Quién demonios era? Maldita sea, pasé los chícharos otra vez. ¿A qué venía eso?

Había hecho una película mental de la situación para contársela a mi mujer. También había grabado algunas tomas clave para guardarlas para otro momento. Doscientos dólares después, pagué y salí de la tienda. Empujé el carrito por unos cuantos baches antes de acordarme de que no recordaba haber visto el extracto de vainilla en mi carrito. Escaneé el recibo. Recuerdo que pasé por ese pasillo y juraría que lo tomé, pero... maldición, debí haberlo olvidado.

Algunos dirían: *Olvídalo. Vete a casa.* Tontos. No se puede hacer una galleta decente sin un montón de extracto de vainilla. Kraya hace galletas todos los sábados. Hoy es sábado y no hay forma de que me pierda otro sábado de galletas. Cargué la parte de atrás del coche con bolsas de plástico frágiles y demasiado llenas y entré corriendo. Corrí por los pasillos familiares en busca de la vainilla sin perder de vista a mi chica misteriosa. Compré la vainilla, rechacé una bolsa del chico de la caja con cara de granos y me fui.

¿Aún podía olerla? Conduje repitiendo el extraño encuentro. Mis recuerdos se sustituyeron por un carril vacío, un semáforo en verde y un claxon del imbécil que iba detrás de mí. Probablemente no me salté ningún semáforo en rojo ni me senté en ningún semáforo en verde el resto del viaje de vuelta a casa.

Kraya jugaba con nuestro hijo en la sala de estar. Se rió cuando entré. Utilicé la pierna para cerrar la puerta tras de mí, con las manos llenas de bolsas de compras.

"¡Qué bien que hayas vuelto! Te perdiste a los Carter. Vinieron con el bebé -dijo Kraya con una sonrisa.

Siempre sonreía cuando la gente pasaba con bebés recién exprimidos. Kraya no tenía fiebre de bebé, sino peste de bebé. No importaba lo cansada que estuviera, lo malhumorado que estuviera él o cuántos pañales hubiéramos cambiado (en realidad ella), siempre quería más. Yo la apoyaba en su encaprichamiento con las cosas pequeñas y lloronas. Incluso me ofrecí a comprarle otro algún día, cuando fuera el momento adecuado. Ella se rió. Yo no.

La mayoría de los hombres (inteligentes) entienden la broma. En realidad, no depende de nosotros cuando tenemos bebés. Si alguna vez, aunque sea por un momento, creemos que tenemos algo que decir al respecto, haz lo siguiente: piensa en la última vez que no se lo diste cuando te sedujo. Piénsalo mejor. ¿Te acuerdas? Yo tampoco. Ellas son las dueñas del programa. Tú sólo coproduces.

Guardé las compras y tiré el revoltijo viejo y mustio de zanahorias y otras verduras inútiles que se ocultaban en el fondo del refrigerador. Hicimos la cena juntos, jugamos con el pequeño juntos y lo acostamos juntos. Vimos Netflix y nos metimos lentamente en la cama juntos. Nunca encontré el momento adecuado para mencionar a la mujer de la tienda. Leí mi libro, con los lentes puestos y la lámpara de la mesita de noche iluminando la habitación. El libro era bueno, un libro de crímenes duros sobre un tipo llamado Quarry. Al cabo de unas tres páginas, se me cerraron los ojos y el libro me dio un golpazo en la frente.

CAPÍTULO TRES

Éramos orgullosos propietarios de varias viviendas de alquiler. Había hecho una bola de nieve con las deudas y había pagado algunas de ellas. Casi todos los días me encontraba arreglando algo. Hoy estaba ocupado revisando lo que ella describió como "Ummm, agua oxidada o algo debajo de la gran cosa redonda (calentador de agua)". No es buena señal. Esa inquilina estaba bien. Normalmente pagaba el alquiler a tiempo. Sin fiestas y tranquila(ish), pero tonta como una caja de piedras de autobús corto (no debe confundirse con las piedras de las escuelas públicas o privadas). Una vez la sorprendí intentando cortar un arbolito. Egoístamente, me limité a mirar. El árbol, de no menos de cinco centímetros de diámetro, estaba "en mi camino" cuando ella miraba por la ventana. Teresa la tonta. Los cortahierbas son para adultos. Sospeché del consumo de drogas, o de un defecto mental, pero caí sobre todo en las drogas. No drogas duras, sólo un poco de hierba. A mí no me gustaba, pero me daba igual que a mis inquilinos sí. Prefiero a un drogadicto y responsable adicto a los Cheetos que a un alcohólico con pelo en pecho.

Normalmente, lo peor que le pasa a un drogo son unas cuantas manchas de grasa de pizza o agua de pipa derramada en la alfombra. Ambas cosas, por desgracia, le han ocurrido a esta propiedad.

El calentador de agua estaba muerto en cuanto llegó. Escupía tristes gotas oxidadas por la parte trasera, dejando un rastro rojo desde el calentador hasta el desagüe. Maté el conducto del agua, lo vacié y le dije que tenía que cambiarlo.

"¿Tengo... que pagarlo?", preguntó sin comprender.

"No. No tienes que pagar nada", le contesté.

Parecía contenta de no tener que desembolsar dinero, pero era difícil distinguirlo a través del esmalte. Me limpié las manos en mi chulo overol de "soy un casero". Me acompañó a la puerta. Le di una estimación al estilo de la compañía de cable sobre cuándo volvería para instalar el nuevo calentador de agua.

"Volveré entre hoy al mediodía y mañana. Todo depende de lo pronto que pueda encargar uno".

Lo cual era una estupidez. Cualquier bobo con una tarjeta de crédito puede ir a Home Depot y comprar un calentador, unos tubos y unas abrazaderas, e instalarlo en unas dos horas. Pero yo no soy tonto. Tengo cosas que hacer. Gente a la que ver. Siestas que echar.

Salí, en dirección sur hacia la clínica. Mi coche era nuevo. No nuevo-nuevo, sino nuevo en el sentido de que no tenía óxido y sólo le había hecho unos cinco cambios de aceite. Las calles estaban inusualmente concurridas para ser por la mañana. Unos cuantos accidentes en la autopista eran responsables de mi retraso en el hospital. No me preocupaba. Probablemente pasaría la mayor parte del tiempo en la sala de espera. Había recibido una carta informándome de mi análisis de sangre anual. Estos sinvergüenzas aprovechan cualquier oportunidad para conseguir otro pago del seguro. Estacioné, entré y me registré con la atractiva enfermera del mostrador. Tendría unos veinticinco años, el cabello corto y una estrella tatuada en el antebrazo izquierdo. ¿Escondía más tatuajes? Apuesto a que sí.

Tras tres minutos de espera, un nuevo récord de velocidad, me llamaron para que pasara al primer grupo de pequeñas habitaciones. Bolas de algodón, abatelenguas y un montón de herramientas que parecían piezas de taladros neumáticos se alineaban en la pequeña sala estéril. Me senté en el papel de carnicero mientras la enfermera me tomaba la presión arterial. No era la misma enfermera del mostrador. Ésta era más grande, sin tatuajes ni sentido del humor. Sólo un desastre de cabello encrespado de la menopausia.

"¿Usted fuma?"

Por supuesto que no. De todos modos, no se lo diría. Había dejado de fumar varias veces, pero siempre me sorprendía como un resfriado o una multa por descubierto.

"¿Es correcta su dirección?", preguntó, pero no levantó la vista de su laptop.

"Sí, señora. Hacía poco que había aprendido que señora y señorita diferencian bien la edad. '

"¿Cuánto alcohol consume a la semana?". Unos ojos sin vida se desviaron de la pantalla de la laptop hacia mí.

"Depende de la semana", me reí entre dientes. Ella no lo hizo. "Quizá tres copas a la semana".

Tecleó furiosamente. "¿Consumo de drogas?"

Esta vez no intenté hacerme el gracioso. "No", dije.

"¿Vida sexual?" Dejó de teclear el tiempo suficiente para mirarme por encima de sus lentes.

"¡Bien!" Quiero decir... ¿qué más puedo decir aquí? ¿Muchas preguntas abiertas, Rosanne?

"¿Una sola pareja? ¿Te preocupan las ETS?".

"No. Una pareja. Casado". Tenía muchas ganas de hacerle la misma pregunta. Señora, ¿tiene relaciones sexuales con frecuencia? Pensé que estaba bien preguntarlo, ya que nos estábamos volviendo tan personales. Me la imagino viviendo en un pequeño departamento con su marido, Bill.

Es un obrero de la construcción jubilado con problemas de espalda. A veces robaba analgésicos de la oficina para que él estuviera lo bastante contento como para cogérsela. Eso es lo que me diría, te lo garantizo.

"El doctor vendrá enseguida". Se levantó bruscamente y se fue.

No fue un momento. Fueron otros diez minutos. Demasiado para aquel récord mundial. Estaba a punto de empezar a jugar con el manómetro cuando entró el doctor. Me levanté, le estreché la mano y volví a sentarme. Se presentó y me explicó lo que iba a hacer.

"Soy el Dr. Filstead y hoy está aquí para un análisis de sangre, ¿correcto?". Se sentó torpemente a un lado del escritorio, mirando una carpeta que yo estaba convencido de que no era más que un papel en blanco.

"No me pregunte, vengo cuando me llaman".

Sonrió. "Muy bien, vamos a arreglarte aquí...".

Me levantó la manga y me anudó una liga alrededor del brazo. Hice una bola con el puño y vi cómo me clavaba la aguja en el antebrazo. He visto suficiente sangre como para hacer una película de terror cursi, pero es distinto cuando es la propia. Me soltó la liga apretada del brazo y llenó la ampolla de plástico. Sentí que la sangre me volvía a correr por las venas.

"Tendrás los resultados dentro de unas semanas". Volvió a sonreír, se quitó los guantes y Larry Birded los tiró al bote de basura cercano.

"¿Qué busca exactamente?" pregunté con curiosidad. Soy consciente de que no soy una gallina de primavera, pero tampoco un pavo de otoño.

Pasó unas cuantas páginas del portapapeles. "Dice que los trabajos. Tu jefe ha sido muy amable al hacértelos".

¿Jefe? Nuestro seguro dependía de nuestra empresa. Debe de ser otra ventaja anual de pagar cuotas más altas que la mayoría de nuestras hipotecas.

Siguiente parada: un calentador de agua nuevo. Empezó a llover mientras caminaba hacia mi coche. Me encanta el olor de la lluvia y el golpeteo de las gotas. Aceleré el paso y tanteé el botón de arranque. La música me sobresaltó al arrancar el motor. Encendí los limpiaparabrisas y, cuando salía del estacionamiento, sonó mi teléfono.

Número desconocido. Contesté. "¿Hablo con el Sr. Miller? ¿El Sr. Víctor Miller?"

"Puede ser. Depende de con quién hable". Una de cada cuatro llamadas que recibía era de algún teleoperador. O peor aún, una llamada automatizada con una chica robot aguda y entusiasta que me decía que había ganado un crucero o que la garantía (inexistente) de mi coche estaba a punto de caducar.

"Ya veo. Sr. Miller, si es usted, le llamo de Livingston Properties. Nos gustaría concertar una reunión con usted".

Mierda. ¿Qué quiere Livingston Properties de mí? Son una empresa enorme, enormemente intimidatoria.

"Gracias, sí, soy Víctor. ¿Cuándo quiere una reunión?" Esperaba que no fuera otra disputa por la línea de propiedad. Todas mis propiedades habían sido revisadas minuciosamente antes de comprarlas. ¿Qué querían? ¿Un pleito? ¡Carajo!

"Víctor, ¿está disponible esta tarde? ¿A las cuatro de la tarde?" Sonaba como un cabrón pretencioso. Un imbécil engreído de mando intermedio que ganaba menos de lo que quería pero actuaba como los multimillonarios para los que trabajaba.

"¿Hoy a las cuatro de la tarde? Hmmmm... déjame consultar mi agenda". Arrugué la envoltura de un sándwich. "Parece que tengo algo de tiempo a las cuatro, sí. Treinta minutos, ¿te parece?".

"Sr. Miller, (suspiro) no puedo decirle cuánto tardará. Yo sólo programo las citas".

Dick.

CAPÍTULO CUATRO

Le había visto antes. ¿O no? A veces la gente reconoce rostros de seres queridos en desconocidos. O se enamoran de un olor o un sabor antes de ver a quién pertenece. No soy ajena al amor, ni me resulta extraño ese primer sentimiento de enamoramiento sexual. He tenido muchas relaciones e innumerables parejas, pero él es diferente. Me siento como una virgen, sintiendo el primer cosquilleo de un fuerte fetiche. Este hombre. ¡Ay, este hombre! Qué maravillosamente camina. Sus andares y su postura aprietan los muslos. ¿Oigo una valiente elegancia en su voz? Su masculinidad es embriagadora.

Me senté al borde de mi asiento, jugueteando con el tallo de mi margarita. Janet, una de las socias del bufete de papá, no se fijó en él. Está murmurando sin parar sobre el proyecto Waterman. Hace unos momentos estaba concentrada en sus palabras, comprometida con su éxito. Las tablas de rentabilidad, los gastos generales y otros innumerables gastos estaban en la punta de mi lengua. ¿Y el carpintero y el equipo de construcción? ¿Eran lentos? ¿Discapacitados? ¿Qué les pasaba a estos ciudadanos de clase baja y a su ética de trabajo? Ya habían retrasado el proyecto 3 veces.

Una gota de condensación resbala por el tallo de mi vaso. " Discúlpame un momento, Janet", le dije.

Ella se calló y me hizo un gesto comprensivo con la mano. "Sí, sí. Por supuesto".

Toda mi vida adulta he atacado las oportunidades en lugar de dejar que se me escaparan de las manos. No iba a dejar que se escurriera entre las mías. Me quito la servilleta del regazo y la tiro sobre la mesa.

Choco con media docena de universitarias chismosas y cargadas de mochilas y esquivo a un patinador punk mientras avanzo por la calle. Me abro paso entre la multitud, intentando desesperadamente no perderlo de vista. Mi corazón se acelera al doblar la esquina de ladrillo agrietado. Se detiene, mira su reloj de pulsera y abre una puerta alta con pintura roja desconchada. El letrero de neón de la ventana dice Taberna del NUEVE.

El bar estaba cómodamente situado entre una librería y un salón de masajes cerrado. Lo sigo y abro la puerta con las dos manos. Es una locura, pero no puedo negar esta conexión. Me atrae, no-no, me llama. Tengo que averiguar quién es, ¿quizá presentarme? Necesito hacerlo. Lo siento. Lo siento en todas partes. Tiene gravedad, auténtica gravedad.

¿Es un estudiante? Lo dudo. Es demasiado mayor, ¿quizá descansa suavemente a finales de los 20? ¿Treinta y pocos? Me muerdo el labio inferior. La puerta gime cuando entro. Huele a cerveza barata y a cigarros caros. Se sienta en la barra, sacando un banquito descolorido con un crujido. El barman, claramente un degenerado universitario, lo reconoce con una inclinación de cabeza y dice algo que no puedo oír. Tomo asiento en una mesa detrás de él, con el corazón saliéndoseme del pecho. Ahora oigo claramente su voz. Sus palabras retumban con una sensualidad que siento en mis entrañas. Un hormigueo húmedo empieza a hervir entre mis muslos. Puedo olerlo.

Pidió una cerveza. Espero, demasiado aturdida para levantarme o intentar comunicarme con él. Miro fijamente hacia delante, escuchando su conversación y su cadencia de habla con el barman. Las sutilezas me consumen. Su forma de reír y de colgar la chamarra en la silla. El atisbo de su sonrisa tras la mandíbula. Me quedo congelada en la mesa. Hacía mucho tiempo que no me quedaba sin palabras. ¿Me pongo de pie? ¿Me presento? ¿Me tropiezo con él y le pido disculpas? Esto no es algo con lo que deba luchar. El estrés me gotea por las axilas hasta el vestido. Las limpio despreocupadamente con una servilleta.

Saco el teléfono de la bolsa y reviso mi maquillaje en la cámara. Pulso el círculo rojo y le tomo innumerables fotos. Sobre todo de su espalda, pero también se cuelan algunas fotos de su perfil. Doy un sorbo a mi cerveza, a mi asquerosa cerveza. No puedo creer que la gente beba esto. Apuesto a que esto es lo que beben esos malditos obreros de la construcción mientras holgazanean en la obra. Por eso no consiguen hacer nada. Beben cerveza barata de mierda. Animales.

Lo oigo. Mi suerte sigue mejorando. Un chico descuidado y encorvado, sentado unos cuantos banquitos más abajo, lo reconoce. Concentro cada bocado de mi atención en su conversación.

"¿Usted no es el profesor Miller?", dice el chico, inclinándose y escupiendo mientras habla. Evidentemente, demasiadas cervezas artesanales para este patán.

"Lo era". El profesor Miller levanta su cerveza con un guiño.

Su voz es una trompeta celestial. Qué voz tan excepcional, asombrosa y tranquila. Nunca había oído algo tan impresionante. Me tiemblan las manos, que se esconden bajo el tablero rayado de la mesa. ¿Puedo mantener la compostura? ¿Me ve alguien? ¿Se dan cuenta de que estoy sudando, temblando y tan nerviosa que podría vomitar? Echo un vistazo por encima del hombro. No. Gracias a Dios, nadie está mirando. El barman sirve otro vaso de bazofia mientras el profesor Miller mira la televisión en un rincón de la barra. "Encantada de conocerte, profesor Miller", susurro en voz baja.

CAPÍTULO CINCO

El Edificio Livingston era enorme, no muy distinto del propio Sr. Livingston. Había acumulado una fortuna comprando, construyendo, alquilando y vendiendo bienes inmuebles. Había oído historias sobre él. Algunos dicen que es un imbécil frío y duro. Otros dicen que es un imbécil inteligente, frío y duro.

Conocí a un tipo, que conocía a un tipo, que compró unas cuantas propiedades a Livingston. Dijo que era un negociador implacable y que siempre tenía comida en las reuniones. Lo oyó decir: "América se ha vuelto demasiado políticamente correcta. Demasiado enclenque y blando como la teta de una abuela. Deberíamos negociar con comida, como los italianos". Por el tamaño de su cintura, debía de estar negociando quince horas al día.

La recepción era más grande que mi casa. Unos elaborados pilares de mármol ascendían varios pisos. El suelo de piedra estaba pulido y reluciente. Tardé un rato en cruzar el suelo hasta el gran mostrador con la inscripción LIVINGSTON PROPERTIES, INC en la parte delantera. El escritorio hacía sombra a la pequeña recepcionista que había detrás.

"Bienvenido a Livingston Properties. ¿Puedo ayudarle?", preguntó desde detrás del mostrador una chica con unos dientes antinaturalmente blancos.

"Sí, estoy aquí para una reunión a las cuatro. No sé con quién me voy a reunir ni por qué". Sonreí burlonamente. "¿Puedes averiguarlo por mí?". Me devolvió la sonrisa e hizo clic en algunas pantallas de computadora.

"Parece que estará en la planta 43". Hizo una pausa y levantó una ceja. "Es extraño, sólo dice... sin más detalles. Usted debe de ser el señor..." -hizo una pausa, mirando la pantalla- "¿Miller? ¿Víctor Miller?"

"Sí, soy yo. ¿Hay algo más en la pantalla? ¿Más información? No estoy seguro de por qué estoy aquí. ¿Es algo legal? ¿Problemas con una de mis propiedades?"

"Lo siento mucho, Sr. Miller. No tengo acceso a esa información. Por favor, tome asiento y alguien estará con usted en breve".

Me senté. Las sillas eran bastante bonitas, pero dejaban bastante que desear en la categoría de comodidad del trasero. Pensé que con su dinero podría haberse comprado algo más cómodo. Un hombre frágil vestido con un delgado traje apareció de detrás de una enorme pared de mármol. Habló en voz baja con la recepcionista. Sus murmullos resonaron en el pasillo de mármol. Volteó hacia mí, le devolvió el murmullo e inició su aproximación.

"Sr. Miller, es un placer conocerlo". Tendió una mano hacia la mía. Su apretón de manos era firme. Practicado. Su mirada era segura y sus manos estaban bien cuidadas. Dijo: "Si me sigue".

Lo hice. Me pregunté por qué la gente nunca termina esa frase. "Si me sigues...". ¿Qué? ¿Qué pasa si te sigo? Pasamos junto al banco de recepcionistas que había detrás del gran mostrador. Pude ver que detrás de aquel monstruo se ocultaban multitud de teléfonos y pantallas de seguridad.

Continuamos por un pasillo igualmente extravagante. Cuadros interminables, cientos de ellos, se extendían por el interminable pasillo. El hombrecillo me condujo por unos pasillos serpenteantes hasta un pelotón de elevadores. Pulsó la flecha hacia arriba e introdujo un código de acceso protegido en el teclado. Se abrieron un par de puertas doradas de elevador. Entramos en el elevador y él pulsó uno de los botones. Empezó a moverse. Tosí.

"¿Me dijo su nombre?" pregunté.

"Oh, mis disculpas. Soy el Sr. Needle".

"Sr. Needle, ¿sabe por qué estoy aquí?".

Apostaría cinco centavos a que no. No parecía de los que hacen funcionar la máquina, sólo la engrasan. Sacudió la cabeza encogiéndose de hombros. Pasamos el resto del trayecto en silencio.

El elevador pitó y luego aminoró la marcha. Plantas, mármol y un pasillo sin ventanas se abrieron a la vista cuando se abrieron las puertas de latón. El Sr. Needle extendió una mano puntiaguda, el símbolo cortés y universal de "Ésta es tu parada, amigo". Lo obedecí y no me siguió. Las puertas se cerraron, enviando al Sr. Needle de vuelta a su hogar. Atravesé el pasillo, inquietantemente silencioso, hasta la única puerta del fondo y toqué.

CAPÍTULO SEIS

La confianza siempre ha sido uno de mis mejores rasgos, seguido de cerca por un sentido metódico del análisis. Mi sentido de la moda también es bastante impresionante, pero no se puede considerar una habilidad innata. ¿O sí?

No me faltaba confianza para acercarme al profesor Miller. Podría haberlo hecho. Podría haberme girado en la silla, levantarme y presentarme. Claro que podría haberlo hecho, y probablemente habría funcionado. Tomé la decisión de mejorar mis posibilidades de éxito antes de acercarme a él. Así que empecé a vigilarlo. La vigilancia y la inteligencia siempre aumentan las probabilidades de éxito, ¿no?

Lo observo desde la esquina más alejada de una cafetería que frecuenta a la hora de comer y a veces conduzco detrás de él cuando hace mandados. Hackeé la contraseña de sus redes sociales. Sigo sus finanzas y controlo la rentabilidad de sus inversiones inmobiliarias. Incluso compré una casa en su bloque y la hice reparar por dos razones: 1) mejoró el valor de su propiedad, y 2) puedo colarme sin ser detectada por el garaje y verle trabajar en el jardín desde la pequeña ventana polarizada del garaje. Se convirtió en un estudio. Mi estudio. Mi ángel.

También conocí a sus inquilinos. Un chaleco amarillo de la construcción y un portapapeles fue todo lo que necesité para convencerles de que era oficial. Dije que trabajaba para el Departamento de Energía de Minnesota y los imbéciles me invitaron a entrar siempre. Tomo notas de su horario, dónde estaba, dónde había estado y dónde iba a estar mi dulce.

Yo también tengo momentos de duda. A veces, después de seguirlo durante unos kilómetros, me río de mí misma y dejo que desaparezca entre el tráfico. Es ridículo. Estoy siendo tonta. Nunca he tenido que esforzarme tanto. Después de todo, no soy una acosadora, sólo una apasionada.

Encontré su cuenta de eBay y compré todo lo que ponía en la lista. Todo. Por desgracia, no era demasiado activo en eBay, así que nunca llegó a mucho. Una vieja chaqueta de cuero desteñida. Un reloj de pulsera con la inscripción *"Felicidades, colega"* en la parte de atrás.

Unas monedas de plata que dijo que tenía desde que era niño. Leí las descripciones una y otra vez. Ofrecía una visión única y poco común de su mundo. Un vistazo a sus objetos personales y a su estilo personal. ¿Cuál es la historia de estos objetos? ¿Por qué vendía la chaqueta? ¿Y por qué vendía el reloj? Las manos que habían tocado. La intimidad que habían visto. Sentí una extraña punzada de celos porque habían tocado a Víctor y yo aún no. Envié los objetos a un transitario de Denver para evitar que me descubrieran antes de tiempo. Pronto se enteraría. Mi Vick. Mi vela. Mi bastón. Mi piedra. Bebe, amor.

Me tomé la molestia de hacerme amiga de una de sus inquilinas. Se drogaba bastante, así que fue fácil ganarme su confianza. Unas cuantas citas para tomar café y solidifiqué nuestra amistad. Chica estúpida. Parecía razonablemente casual, pero tardé meses en diseñarlo. Escribí un plan meticuloso para conseguir el momento adecuado. Calculé la fecha para la longitud perfecta de la hierba y saboteé su trampa para pelusas. Hoy era el día. Ya viene.

Había recorrido las tiendas habituales en busca del vestido perfecto, ni demasiado sensual, ni demasiado modesto. Un vestido que gritara feminidad y susurrara sexo. Pasé una hora en la regadera, me puse el perfume que mejor olía de mi colección y me peiné y maquillé en Platinum Rosemary Shoppe, una boutique de modelos y estilistas de alta gama. He hecho ejercicio todos los días durante horas. Mi bronceado es perfecto. La piel flexible. Estoy lista, ¡sí, estoy lista!

Le envié un mensaje para avisarle de que estaba de camino. Miré mi reflejo en el retrovisor. ¿Es una mancha lo que tengo en la oreja? ¿Estaba ahí antes? ¿Me picó un bicho? ¿Es un lunar nuevo? ¿Un grano? La sangre me late y se forma una ligera transpiración. Abro mi bolsa y busco frenéticamente mi espejo azul Tiffany. Lo abro y examino la mancha. No es nada, sólo una sombra. Resoplo con fuerza y arranco el coche.

Hoy vuelvo a encontrarme por primera vez con el hombre de mis sueños.

CAPÍTULO SIETE

A mi llamada respondió un clon del Sr. Needle. Era más grande, quizá más viejo, pero llevaba el mismo traje y lucía la misma jeta engreída. Abrió la puerta y descubrió un despacho impresionantemente grande con vistas al horizonte. De las interminables sillas, sólo tres estaban ocupadas. Los cuerpos oscuros y retroiluminados carecían de rasgos contra la luz de las ventanas. Entré, sonreí al Sr. Needle dos-puntos-oh, y hablé.

"Buenas tardes. Tengo una cita a las cuatro de la tarde. ¿Estoy en el lugar correcto?" dije. Al acercarme, pude ver más detalles de los dos corpulentos tipos que rodeaban a una figura más delgada.

"Sin duda está usted en el lugar adecuado, profesor Miller", dijo la mujer, cuyos rasgos aún estaban saliendo a la luz. "Te esperábamos con gran expectación". Su voz era fuerte y se hizo más familiar a medida que me acercaba. Llevaba una chaqueta azul ceñida al pecho.

¿Ah, sí? Lo es. No puede ser. Es ella. La señora rara del supermercado. "Tengo muchas preguntas". Estoy haciendo eso de hablar sin pensar. No es bueno. Por fin crucé la larga sala, situándome frente a ella y los dos ejecutivos corpulentos. Uno parecía tener unos cincuenta años, pelo sal y pimienta. El otro más viejo. Y más negro. La piel, no el pelo. También tenía el pelo grisáceo.

"Sentimos haberle tomado desprevenido, profesor Miller", dijo y se puso en pie. Los dos ejecutivos hinchados también se pusieron en pie. "Soy Alexa Livingston". Su mano era suave. Suave y sudorosa, también. Me incliné sobre la enorme mesa de conferencias y estreché las otras manos. Las suyas eran menos sudorosas, pero más arrugadas, secas y tímidas. "Gracias por venir al centro. Espero que no fuera ningún problema encontrarnos". Todos nos sentamos.

"Ningún problema. Es el único edificio Livingston de la cuadra", dije.

"Somos propietarios de este edificio desde que yo era una niña".

Las piezas iban encajando. Ella es su hija.

"He vivido y trabajado aquí toda mi vida. Es un gran lugar al que llamar hogar".

"Apuesto a que lo es", dije y moví mi peso en el sillón de cuero. "Me gustaría ser franca, Sra. Livingston".

Alexa interrumpió con un brusco: "Señorita. Señorita, no señora". Luego me hizo un gesto para que volviera a la conversación.

"*Señorita* Livingston. ¿Qué hago aquí? ¿Es una de mis propiedades?" pregunté. Seguro que es mi propiedad de la calle de la Bandera. Esa cosa ha sido un puto desastre desde que la compré". ¿O es por lo que pasó en el supermercado?

"No hay problema, profesor".

La interrumpí a tiempo. "*Profesor no.* Eso fue hace tiempo". Me encogí de hombros. "Por favor, llámame Vick".

"Vick, me gusta ese nombre. Es fuerte". No sabría decir si sus ojos eran seductores por naturaleza o si era una táctica comercial. No me importó. Hizo una pausa, dejando que la quietud inundara la habitación. "Vick. Yo... no sé muy bien cómo decir esto". Oh, mierda. Aquí viene. "Necesito un favor. Y estoy dispuesta a compensarte por tu tiempo y tu ayuda". Se removió en su asiento con las manos retorcidas.

"Tú... te pareces a alguien que una vez me fue muy querido". Uno de sus dirigibles le puso una mano suave en el hombro. "Verás... perdí a mi marido". Sacó un pañuelo de su bolsa y se limpió la humedad de las mejillas. "Éramos íntimos, él y yo. Pareces...". Tomó aire y sonrió. "Vaya..." Unas cuantas lágrimas más y respiraciones entrecortadas - " ¡Increíble! Igual que él. Los dos son...". Miró hacia las ventanas, limpiándose más dolor del ojo. "Idénticos. En muchos aspectos. Sus ojos. Su cara..." Las lágrimas ya no salían de puntillas, sino a chorros. "Su cabello..." Lloró. El hombre de la derecha le frotó suavemente el hombro, susurrándole algo. Ella no le devolvió el susurro. "No pasa nada. No pasa nada. Lo siento mucho; (resoplido) tú... ¡eres un regalo! Tú (triple resoplido) ¡podrías ser su gemelo!".

Tan brusca como un pedo, se levantó y salió de la habitación. Sus sollozos resonaron en el pasillo. Tweedledee levantó una gruesa bolsa de cuero para el portátil y la puso sobre la mesa. "Lo siento. Está muy sensible con este asunto". Me di cuenta. También me fijé en la falda que le envolvía las caderas como un plástico retráctil.

"¿Puedes decirme de qué se trata? Aún no me lo explico".

"Sí, comprendo tu confusión". Hizo una pausa y señaló con la cabeza a Tweedledum, a su izquierda. "La señorita Livingston perdió a su marido el año pasado. Un trágico accidente. Simplemente trágico..." Sacó un montón de papeles envueltos en una carpeta manila como la envoltura de un taco. "Tuvieron un matrimonio corto y hermoso". Se lamió los dedos, hojeando las páginas. "Eran felices y tenían una vida de ensueño". Levantó las manos, aludiendo al edificio y a la riqueza de los Livingston. "Pero no hubo tiempo suficiente para concebir un hijo". Sacó un paquete de la pila, sujeto con un clip en apuros, y lo deslizó por la mesa. Hizo una pausa, dándome tiempo para leer la línea superior:

Muestra conocida-Sr. Víctor Miller-Contrato de donante | Procedimiento de inseminación

Debajo del título, en la tercera línea, un número. Y no era pequeño, iba precedido de un signo de dólar. "Sr. Miller. Ella está dispuesta a pagarle cuarenta mil dólares a cambio de sus muestras, renuncias y total confidencialidad".

Siempre supe que era un diablo guapo.

Hojeé las páginas. No lo estaba leyendo; intentaba hacerme el ocupado mientras las chispas de mi cerebro intentaban hacer fuego. He oído muchas historias y me he visto envuelto en unas cuantas, pero ésta era la cereza del pastel. "Chicos, chicos... un momento. ¿Alexa Livingston quiere que sea su donante de esperma?".

"Donante de semen, sí". Al fin y al cabo, el dirigible negro podía hablar. "La señorita Livingston preferiría que fuera una transacción rápida y discreta". Sonrió. Una gran sonrisa. Casi hizo que me cayera bien. "No querríamos que esto se convirtiera en un asunto público, Sr. Miller".

Supongo que el titular "Una heredera utiliza el semen de un tipo para clonar al bebé de su marido muerto" no es la prensa que buscan. Abrí la boca, pero sólo salió aire caliente. Nunca había utilizado la palabra aturdido, ni siquiera había pensado en ella antes de este momento. Atónito. Desconcertado. Aturdido. Todas cosas que me planteaba mientras ojeaba despreocupadamente el contrato. "Tengo que pensarlo".

"Tiene veinticuatro horas antes de que venza el contrato, Sr. Miller". Seguro que el Sr. Sonrisa Agradable no me estaba dando mucho tiempo. "Entendemos que está casado. Esto no se puede discutir con nadie; por desgracia, eso incluye a su mujer, Sr. Miller".

"Un momento. ¿Cómo funciona esto exactamente? ¿Puedes explicármelo desde el principio?" Dejé caer el voluminoso contrato sobre la mesa y centré mi atención en el dúo dinámico.

"Quiero un hijo parecido a mi difunto marido, Francis. Eres asombrosamente parecido en todos los sentidos". Alexa apareció por detrás de mí. Se sentó a mi lado, unas sillas más abajo. Puso una foto suya sobre la mesa y me la deslizó. La tomé y ladeé la cabeza. Tenía razón, somos alarmantemente parecidos. Un espejo. Tenía unos lunares en la mejilla y el pelo más frío y oscuro, pero podría ser mi gemelo. Veo que es una mujer de buen gusto.

Seguía teniendo los ojos hinchados y aún no podía determinar su origen. Me quedo con la rusa. Sin duda, algunos genes lejanos del Bloque del Este.

Sonreía. Una sonrisa encantadora y llena de hoyuelos. "No quiero nada de ti, Vick. Ni responsabilidad parental, ni visitas, nadie lo sabría salvo nosotros".

"¿Y las gemelas Olsen de allí?". añadí.

"Y las gemelas Olsen. Sí". Me devolvió el contrato. "Tómate esta noche. Piénsalo bien. Me harías un favor que no olvidaría". Mientras se recostaba, cruzó las piernas. Estaría bien que la familia Livingston me debiera algunos favores. El dinero tampoco estaría de más.

"¿Puedo suponer que el privilegio abogado-cliente no anula las cláusulas de confidencialidad?". pregunté. Sería el purgatorio quedarme despierto toda la noche leyendo esta mierda.

"Por supuesto". Se inclinó, tomó el clip cercano de la mesa y lo volvió a colocar en la pila. Se sostenía de un hilo, como los botones de su blusa.

Se me ocurrió otra pregunta que debería haberme hecho hace mucho tiempo. "Señorita Livingston, ¿cómo me encontró después de verme aquel día?".

"Ahí está". Señaló al Sr. Come-Mierda-sonriente. "Pensamos que nunca lo preguntaría. No es tan difícil de encontrar, Vick".

"¿Cómo?"

"Fácil, en realidad. Después de salir de la tienda, te esperé. Me senté en mi coche llorando durante casi media hora hasta que te fuiste. Anoté tu matrícula y, ¡voilá! Aquí estás...".

Debe de ser bonito tener dinero. A un tipo normal como yo le costaría mucho trabajo localizar una matrícula. Supongo que fue una llamada telefónica y sesenta minutos para alguien con sus recursos.

"Por favor, considera mi oferta, Vick", dijo y se puso en pie. "Espero tener noticias tuyas. Mi número está en la página superior...", dijo y lo rodeó con un círculo. "Y las instrucciones están aquí". También lo marcó con un círculo. "Puedo transferir el dinero a cualquier cuenta, o darte un cheque o dinero en efectivo. No importa". Señaló con la cabeza a Tom y Jerry. Ellos también se levantaron, se acercaron a mi lado de la mesa y me tendieron la mano.

"Por favor, llame si tiene alguna pregunta o reserva".

Creo que han terminado conmigo.

CAPÍTULO OCHO

Otro parecido del Sr. Needle me ayudó a encontrar la salida del recinto de Livingston. Esta vez fue un buen tipo. Incluso validó mi estacionamiento. Mi mente nadaba. Demasiadas opciones, todas buenas. Una, decírselo a mi mujer, conseguir una luz verde o probablemente una roja. Dos, guardármelo para mí, meter el dinero en mi caja de seguridad e ingresarlo en nuestro presupuesto. O tres, rechazar la oferta, volver a mi rutina normal e intentar por todos los medios olvidarme de la oferta y de los muslos de Alexa Livingston.

Primera parada, el despacho de mi abogado. Ir a casa no iba a pasar, al menos no todavía. Conduje directamente al bufete de Robert Stik. Era uno de esos abogados del anuncio cursi con el actor malo y la librería enorme. Cuando estacioné el coche, lo vi cerrando la puerta principal.

"¡Rob! Espera un momento. Tengo que hablar contigo". Salí rápidamente, con la esperanza de alcanzarle antes de que se hubiera comprometido del todo a cerrar. La lluvia había cesado, pero no la desidia. Chapoteé en algunos charcos.

"Ya cerré. Son casi las seis". Llevaba la camisa bien planchada. Llevaba mocasines y unos pantalones de color marrón que parecían una talla más grande.

"Que te jodan, Rob. Me debes una". Y así fue. Nos movíamos en los mismos círculos. Trabajaba sobre todo en el sector inmobiliario, igual que yo. Bebía cerveza, igual que yo. La mejor amiga de su mujer era la hermana de la mía. Eso también ayudaba. Resopló y abrió la puerta. Encendió las luces y se sentó detrás de su escritorio. Nunca me había fijado en lo pequeño que era. Comparado con la propiedad de Livingston, esto es pobreza.

"¿Qué es tan importante?" Consultó su reloj. Sé que no tiene ningún lugar donde estar, así que dejé caer el contrato sobre su escritorio.

"Esto se considera oficialmente privilegio del cliente". Le acerqué la pila. Abrió la carpeta de papel manila.

"¿Qué es esto, Vick? ¿Otra demanda contra un inquilino?

"Lee. Cuéntamelo cuando llegues a la parte divertida". Me dejé caer en la silla de madera frente a su escritorio. Se puso unos lentes de lectura en el rostro y acercó la página.

"¿Livingston? ¿Como Livingston el inversor, el rey Livingston?". Lo tengo. Está atrapado. Sabes que tienes un abogado sólido cuando lee legal con una sonrisa. Vive para esta mierda.

"Alexa Livingston, no Elvis. Es su hija", le dije.

Miró por encima de los lentes. "Hija, ¿eh? No sabía que tuviera una hija".

"Yo tampoco".

"Es un contrato de donante. Lo sabes, ¿verdad?", dijo y me miró por encima de los lentes. "¿Te va a pagar por tu muestra de esperma? ¿Cómo demonios cerraste este trato?", preguntó.

"Yo no tuve nada que ver. Me llamaron".

Dejó el contrato en el suelo y lo fulminó con la mirada. "¿Alexa Livingston, de la familia Livingston, te llama de la nada, te envía un contrato para tus nadadores y te dice: 'Ah, sí, y además te daré cuarenta de los grandes'?".

Casi. Lo puse al corriente. El parecido con su marido muerto. La llamada telefónica y el acoso en el supermercado. Volvió a poner el contrato al alcance de la lectura. Le dije: "Necesito saber lo que necesito saber. ¿Voy a ser responsable de algo si decido seguir adelante? ¿Alguna, ya sabes, obligación parental, pensión alimenticia, tarjetas de cumpleaños? ¿Algo que me interese saber antes de plantar mi semilla en el jardín de los Livingston?".

Se quitó los lentes. "No puedes seguir con esto, Vick. Kraya te mataría".

"Si se entera, sí, lo haría".

"Más despacio, vaquero. No es una multa de estacionamiento lo que escondes. Se trata de cuarenta grandes y un bebé. Tienes que hablar con tu mujer".

"Tengo que hablar con mi abogado. Lo de la mujer viene después". Me crucé de brazos. Odio cuando se pone personal, pero las ventajas superan a los inconvenientes de tener un amigo personal como abogado. También ayuda que sea más barato que los demás.

Levantó las manos haciendo la mímica de "no disparar". "De acuerdo, de acuerdo. Sólo digo que creo que esto es algo que un marido debería hablar con su mujer". Tenía razón. Pero se me ocurrían cuarenta mil razones para no hablarlo con ella. Ella nunca lo aceptaría. Y con razón.

"Lee el contrato. Si algo me pone en peligro, diré que no". Era una buena sensación poner esto sobre su regazo. Si dice que hay problemas, estoy fuera. Si es hermético, podría reconsiderarlo.

"Puedo tener esto para ti la semana que viene". Se levantó y apagó la lámpara.

"Tengo veinticuatro horas. Espera..." Miré la hora. "Veintidós horas para decidir. Lo necesitaré por la mañana". Volvió a refunfuñar. Su mujer trabajaba de noche y sus hijos seguían con la abuela. Tenía horas para jugar sin que nadie se diera cuenta de que llegaba tarde a casa. "Yo también te pagaré el doble de tu tarifa normal".

"¿Quieres decir que me pagarás *mi tarifa normal?*".

"El triple. Pero lee rápido, Imbécil".

Asintió, volvió a encender la lámpara y se puso cómodo. No tardé en aburrirme viéndole pasar las páginas. Lo único que oía era el terriblemente ruidoso tic-tac del reloj de pie que escondía en el pasillo. No puedo imaginar cómo no le vuelve loco. ¿O quizá sí? Necesitaba salir de allí, pronto.

No tardé mucho en despedirme y volver a la carretera. La oficina estaba cerca de casa. El viaje, indoloro. Cuando llegué a la entrada y estacioné el coche, me quedé sentado. Miré el reflejo oscuro que me devolvía la mirada desde el espejo retrovisor. ¿Quién es el hombre que me mira? ¿Qué decidirá hacer?

Mientras introducía la llave en la puerta, me quedé pensativo. No puedo ocultarle esto. Es mi mujer. Mi mejor amiga. Pero podría hacer mucho por la familia con el dinero extra.

Giré la manilla y me encontré con olores a quemado, humo y el sonido de alarmas de incendio quejumbrosas. Mierda. Había oído el chirrido de la puerta, pero estaba demasiado ensimismada como para prestarle atención. "¿Cariño? ¿Kraya? Kiddo!" El humo era fuerte. Espeso. "¿Estás aquí? ¡Kraya! ¿Estás bien?"

CAPÍTULO NUEVE

Mi teléfono suena y abro el mensaje. " Perdón por avisar tan tarde :(Un viejo amigo se ha pasado por aquí. ¿Mabz mañana?"

¿Quién es ese amigo? ¿Un hombre? Vuelvo a estacionarme debajo del edificio. ¿Por qué esta persona es más importante que yo? ¡He dedicado mucho tiempo a esto! El eco de la puerta de mi coche es fuerte en el garaje subterráneo. *Perdón por avisar tarde... Perdón por avisar tarde...* Lo leo una y otra vez, apartando la vista del teléfono el tiempo suficiente para esquivar los coches estacionados y las banquetas.

¡Click-Click-Cl-Cl-Cl-Cl-Click! Pulso repetidamente el botón del elevador. Sé que no lo acelerará, pero me siento mejor. Miro el reloj, pero no reconozco la hora, así que vuelvo a mirarlo. Por fin se abren las puertas. Entro de un salto, golpeando el botón de cierre de la puerta con el puño cerrado. Tardo años, años, en llegar a mi piso. Maldito elevador lento. Pagué para que los arreglaran el año pasado, ¿no deberían ser más rápidos? Esto es absurdo.

Después de lo que me parecieron otras 4 horas, las puertas del elevador se abren al vestíbulo de mi piso. Abro la puerta principal, tiro las llaves sobre la mesa y abro las dos cerraduras de la puerta de la habitación 9. Esta habitación se ha convertido en mi hogar. Tantas fantasías juegan entre estas paredes. Antes era un vestidor, ahora es una habitación dedicada a él. Ahora sirve para algo mejor que una habitación más de mi departamento. Le observo desde aquí. Le sigo la pista y capto las bellas, casi imperceptibles, idiosincrasias de su vida. Incluso volví a la Taberna del NUEVE para tomar un número 9 de una de las paredes y colgarlo en la puerta: un recuerdo de nuestro primer encuentro.

"¡*Vamos... vamos!*" Las computadoras arrancaron lentamente. Cinco monitores parpadearon, cada uno con una docena de imágenes de cámara. Tras un largo arranque, las cámaras parpadearon y mostraron la vista que yo temía. El coche del profesor Miller está estacionado frente a su casa. Está allí sin mí. Con unos pocos clics, la vista cambia al interior de su casa de alquiler, concretamente, a la sala de mantenimiento. Estoy tan cerca de la pantalla que puedo sentir su calor. Subo el volumen. Es una mujer. Una zorra. Ha cancelado los planes conmigo, ¿por ella?

Escucho.

"Encantado de conocerte, Kraya. Nombre checoslovaco, ¿verdad?".

¿Está coqueteando con ella? Mi uña me rasca furiosamente el nudillo.

"¡Sí! No está mal, Víctor".

Su ropa revelaba demasiado. La versión de moda de una stripper. Pero ella no es más que otra campesina; puede llamar temporalmente su atención, pero él no te quiere. Nunca te querrá. Es mejor que tú y lo sabes. Pero... parece que muerde el anzuelo. ¡Eres más listo que esto, Víctor!

"Vick, por favor. Mis amigos me llaman Vick".

Te estás volviendo demasiado personal. *Para*. Me pica la mano al golpear la mesa. No me había dado cuenta de que estaba llorando. Tengo la cara tan caliente como una quemadura de sol.

"¿Somos amigos, Vick?"

Se inclinó hacia él con una sonrisa coqueta y sensual.

"Me gustaría serlo", dijo Vick con una sonrisa de Cheshire.

Retrocedo a trompicones, cayendo sobre las sábanas de plástico de la cama de la habitación 9. Me pica la garganta. Siento una opresión en el pecho. Me estoy muriendo. Creo que me falla el corazón. Ya está, ¡mira lo que me has hecho, campesino! Me pongo de pie y doy un puñetazo a la pared lo bastante fuerte como para arrancar el número 9 del clavo superior. El 9 invertido es ahora un 6 oscilante.

Me recuesto, con el corazón todavía agitado. Yo no estaba allí. No estaba allí. Le preparé el encuentro perfecto. ¡Se suponía que tenía *que ser yo*!

CAPÍTULO DIEZ

Me apresuré a acercarme a los hornos. Los restos carbonizados de pasta, pollo o sopa humeaban en la sartén. Estalló y silbó cuando la tiré al fregadero. Era un milagro que no se hubiera incendiado. ¿O lo había hecho, pero se había quemado? Giré la alarma de humos del techo y la ahogué bajo uno de los cojines del sillón para detener el estridente pitido.

En cuanto la alarma de humo se silenció, lo oí. Gritos procedentes de la habitación del bebé. Mi bebé, mi chico: lamentándose. Sollozando. Grité llamando a Kraya. El volumen de los gritos me arañaba la garganta. "¡Kraya!" ¿Qué demonios está pasando aquí? Pateé la puerta de su habitación y lo encontré de pie en su cuna, con las mejillas enrojecidas y los ojos hinchados. Con cuidado, lo saqué de la cuna, estrechando su cuerpo caliente contra mi pecho.

"Tranquilo, amigo. ¡Estás bien! Shhhhhhhhh", le dije suavemente. Sus llantos cesaron, sustituidos por mocos tartamudeantes.

Atravesamos bloques y libros para salir de su habitación. Estaba empapado de pis y lágrimas. ¿Cuánto tiempo llevaba allí? "¡Kray! ¿Dónde estás? grité. Revisé el baño, el pasillo, la sala de estar y, por último, el dormitorio principal. Yacía sin vida en la cama. Lo dejé en el suelo y salté sobre la cama. "¡Kray! ¿Kray?" La sacudí con fuerza suficiente para que su cabeza se tambaleara un par de veces antes de que se estremeciera.

Abrió los ojos, sorprendida. "Hola, cielo". Bostezó. "¡Estás en casa!", dijo, frotándose los crustáceos de los ojos.

"¿Estás bromeando? ¿Lo dices en serio? ¿Estabas durmiendo? ¡Dejaste una olla en el fuego! Lleva Dios sabe cuánto tiempo llorando en su habitación!". ¿Cómo pudo dormir a pesar del humo? ¿O los detectores de humo? "¿Qué te pasó?"

Se incorporó, miró los números del reloj y se limpió la boca llena de cabellos. "¡Dios mío! ¡Son más de las siete!". Las sábanas, frenéticas, volaron de la cama. "¡Lo siento mucho, no sé qué pasó! Yo... yo... lo acosté para que durmiera la siesta...". Levantó al chiquitín, abrazándolo como si no lo hubiera visto en un mes.

"¡Me habré quedado dormida! Dios, lo siento mucho, chicos". Lo abrazó. Sabía que había metido la pata. Es una de esas cosas aterradoras de ser padre: darte cuenta de lo humano que eres y de que los accidentes ocurren. Y suelen ocurrir en un instante.

Pasamos la siguiente media hora ventilando la casa, que no era barata. La temperatura estaba bajando. El clima de Minnesota se preparaba para nevadas, temperaturas más bajas y facturas de gas más altas. Podía oír al fantasma de mi padre diciendo algo sobre *"calentar el mundo"* y *"¿quieres provocar tú solo el calentamiento global?"*. Juré que no sería como él, pero aquí estoy, contando dólares mientras se chocaban los cinco al salir por la ventana.

La sartén estaba muerta. O un día de remojo y otro de fregar o a la basura. Opté por la basura. Gracias a las importaciones chinas baratas, las cacerolas se venden a precio de saldo. Gracias de nuevo, comunistas. Tenía razón: su pañal se había desbordado. Había pasado horas en la cuna. Probablemente sentado y posiblemente chupándose el dedo, pero sobre todo haciendo pis y llorando. Pobrecito. Pensamientos torturantes sobre lo que podría haber sido, seguían apareciendo en mis pensamientos.

No tardó mucho en llegar la hora de acostarse. Algunos estábamos más cansados que otros cuando por fin se calentó la casa. Mi pequeño se acostó sorprendentemente rápido. Kraya también. Me quedé solo con mis pensamientos, mirando al techo. Desde que había llegado a casa, había estado demasiado preocupado para pensar en el contrato de Livingston. Es mucho dinero.

¿Es deshonesto? Lo sé, lo sé: es omisión y una de esas malditas mentiras piadosas. Bostecé. Si el zapato estuviera en el otro pie, ¿me molestaría? ¿Qué, vender un huevo por seis cifras y no contármelo? Si ingresara el dinero en la familia, yo diría: ¡miénteme, nena!

Pero cuarenta mil, ¿es suficiente? Entonces me doy cuenta. Tomo el teléfono y me ciego mientras la pantalla parpadea. Escribo una nota entrecerrada para mañana y lo vuelvo a enchufar. Así la decisión será más fácil.

Mañana será interesante.

CAPÍTULO ONCE

"Podrías hacer un submarino con esta cosa". Rob sonaba como si estuviera en un frasco. "Es hermético".

"¿Estoy en el altavoz?" Normalmente sí. Rob suele ponerme en el altavoz y pasear por la habitación mientras habla. Oí unos crujidos y un clic.

"¿Así está mejor?" Sí. "Bien". Sí, lo leí. Dos veces. Le han dedicado mucho tiempo, Vick. Es sólido".

"¿Qué necesito saber?" No sé cómo tomarme la noticia. ¿Es bueno o malo que Rob no haya tomado la decisión por mí?

"Nada. Literalmente, sólo estás ahí para dar unos azotes, darle a la palanca y dejarlo. Te pagan y no vuelven a ponerse en contacto contigo. Pero hay una cosa...". Se barajó el papeleo. "Hay una cláusula de contacto con adultos.

Si el hijo A, en cualquier momento, contacta, avisa, llama, escribe, visita, bla, bla, bla, en cualquier momento, estás sujeto a una reclamación de un millón de dólares. Si se produce dicho suceso, al Niño A se le ha dicho, o se le dirá, que fue concebido a partir de un espécimen congelado de no menos de diez años antes del diseño de este contrato."

"En español, Rob". Ya era bastante difícil conducir y hablar por teléfono.

"Mi interpretación es que si alguna vez el niño llega a ti, te darán un millón de dólares y dirán que procedía de un banco de esperma congelado. Significa que donaste mucho antes de que Kraya y tú se casaran".

Me encogí de hombros aunque nadie pudiera verlo. "No está mal". Era una buena póliza de seguro si Junior llegaba alguna vez a mi puerta. Por un millón de pavos, apostaría a que harían todo lo posible por evitar que deambulara. "¿Qué más?"

"Sinceramente, es un buen trato. No eres responsable de ninguna manera. Ni siquiera puedes verlo legalmente aunque quisieras. Sin pensión alimenticia. Ninguna responsabilidad si no se queda embarazada". Se echó a reír. "Incluso hay una garantía de calidad de vida. El bastardo recibe cincuenta millones al cumplir dieciocho años".

Divagó durante uno o dos minutos más, señalando otros puntos importantes. Explicó cómo se pagaría el dinero y una cronología de los acontecimientos. Incluso incluyó una cadena de custodia en caso de que Alexa muriera. Cubrió todos los ángulos, por insignificantes que fueran. Al final de la conversación, me soltó otro clásico viaje de culpabilidad de Rob. Me dijo que debía contárselo a Kraya. Implicarla.

"¿Aceptarías el trato?" le pregunté.

Hizo una pausa. "Jamás. Nunca traicionaría así a Sarah. De ninguna manera".

"¿Aunque nunca se enterara? ¿Y si se entera, te llevas una buena millonada y tienes una coartada sólida como una roca?"

"Creo que es un problema, Vick. Una pendiente resbaladiza. Hoy son donaciones de esperma, mañana es robar las monedas del tarro de los centavos. Te lo digo, amigo, díselo a Kraya".

Acordamos no estar de acuerdo. Me pareció bien porque aún no me había decidido. No del todo. Antes de colgar, hablamos de los niños, del trabajo, de mi inquilino de la calle Doce y de algunas cosas más. Ahora que sé que el contrato es firme y que no voy a regalar a mi primogénito, marqué el número. Alexa contestó al primer timbrazo.

"Profesor, sabía que llamarías", dijo.

¿Muy arrogante, Alex? "Oh, espera, ¿es el Pizza Palace?".

"Has tenido tiempo de revisar mi oferta. Espero que llames para decir que sí".

Anoche se me ocurrió tarde, justo antes de dormirme. Nunca salgas del concesionario de coches sin negociar. Es Ventas 101, por el amor de Dios. "Agradezco tu oferta. Me interesaría más si dijera sesenta mil.

Si ajustas el contrato, lo reconsideraré". Una vez más había conseguido imponer mi decisión a otra persona. Ya que Rob no había puesto fin al asunto, tal vez lo hiciera ella. Estaba a punto de descubrir si tenía grandes piedras entre las piernas o si tenía piedras más grandes entre las orejas.

"Eres más rebelde de lo que esperaba, Profesor", dijo.

"Vick, señorita Livingston. Sólo Vick".

"Sólo Vick", dijo ella, y luego hizo una pausa, soltando un pesado suspiro. "Aceptaré tu oferta de sesenta mil y la endulzaré ofreciéndote cinco años de afiliación al club de golf Orchard Path. Pero esta oferta sólo es válida ahora. ¿Me harás una mujer feliz? ¿O a decepcionarme?"

Qué curioso. Optó por la presión, y además por la peor clase de presión. La presión emocional que me pone a cargo de su felicidad o de su decepción. Por suerte, se me da bien la presión. "En cuanto a tu decepción o felicidad, eso es cosa tuya y de tu psiquiatra". Me reí entre dientes. "Pero firmaré".

"¿Sí? ¡Sí! ¡Estupendo! ¡Sí! ¡Estupendo! Las instrucciones están en el paquete. Haré que redacten un nuevo borrador con la nueva cantidad de dinero. ¿Aún puedes llegar a tiempo?"

Es una pena que esta noche no pueda presumir de mis habilidades negociadoras en la mesa. *Cariño, ¿adivina qué? Hoy he negociado veinte de los grandes extra con esa mujer sexy de Livingston. Todo lo que tuve que hacer fue vencer en una copa, y pum, nuestro fondo para la universidad vuelve a estar en marcha.*

"Mi abogado aún tiene el contrato. ¿Puedes volver a darme los detalles?" le dije. Me dio los detalles y los escribí en el lateral de una taza de café. Es agradable oír a alguien tan feliz - *hacer* a alguien tan feliz.

Estaba deseando verla y darle algo que sólo yo podía darle. Me sentí, no sé, desinteresado. ¿Caballeresco? Mierda, ¿a quién quiero engañar? No lo haría si ella no me pagara. ¿Lo haría? Reflexioné sobre ello durante un segundo. No había buenas respuestas detrás de ninguna de esas puertas.

"Vas a darme algo que he deseado durante mucho, mucho tiempo, Vick. Gracias. Nos vemos dentro de un rato".

Parece que, después de todo, voy a darle un pequeño bastardo.

CAPÍTULO DOCE

Observé con horror cómo los meses se convertían en años. Kraya, esa puta barbie utilizó magia vudú campesina con él. Lo había engañado, puedo verlo. *No es real. No es real, Vick, ¡es una farsa!*

Los vi desayunar. Los vi hablar en el porche. Los vi tomar copas y reírse. Y los vi tener sexo. *Algo ocurrirá. El destino intervendrá. Él me amará.* Digo estas palabras muchas veces al día en el pequeño espejo de la esquina de la habitación 9.

Grabo sus sesiones de sexo, aislando las partes del vídeo con sólo sus gemidos y su cuerpo. He capturado una hora y 26 minutos completos y dichosos de sólo el torso de Vick, retorciéndose y gruñendo. Lo pongo todas las mañanas mientras me acuesto sobre las sábanas de plástico de mi pequeña habitación.

A veces mira fijamente a la cámara del techo. ¿Puede verme? ¿Sabe que me vengo con él? ...¿con él? Lo sabe, en el fondo, me conoce. Siente mi amor y mi deseo y mi pasión y mi anhelo, oh mi anhelo es fuerte por ti, amor. Mes tras mes se hace más fuerte. Sabe que estoy aquí esperando y observando. Soy su ángel en las alas.

Acaparo todo lo que vende en eBay. Efectos personales como más camisas y una bicicleta, así como una caja de sombreros y sus viejos palos de golf. Algunos de los sombreros aún olían a él. Había acumulado una gran colección de sus tesoros. Cada vez que toco sus camisas, me tiemblan las piernas. Qué poder tiene, profesor. Qué poder, en efecto.

El maniquí de la habitación 9 lleva el reloj, la chaqueta, los pantalones vaqueros, los calcetines y la ropa interior. Empecé a colarme en su casa para tomar cosas prestadas, una actividad que se vuelve más excitante con cada visita. Cosas como boxers y recortes de cabello, documentos manuscritos y fotos. Objetos que nunca echaría de menos, posesiones sin las que no puedo vivir. Cuando me siento extra áspera, pongo pimienta de cayena en los calzones de su mujer o le robo las tarjetas de crédito. Espero que los objetos desaparecidos desaten la polémica entre Vick y su mujer. Rara vez lo hacen.

Junto a mi maniquí de profesor había un cofre Tupperware azul lleno de vibradores fálicos e insertables. Mi preciado juguete es una réplica del aspecto y el tacto de su miembro.

Me llevó horas analizar los vídeos y enviar todos los ángulos correctos al fabricante. Una pequeña fortuna gastada en una réplica de pene es una buena fortuna gastada. Se sentiría muy halagado si supiera cuántas horas ha estado ya dentro de mí.

He descubierto por qué dejé de encontrar preservativos húmedos en la basura. Ahora utiliza píldoras anticonceptivas. Las encontré en el cajón inferior de la mesa de noche. Pero es muy descuidada. Me lo imaginaba, zorra campesina. Seguro que no sabe contar. Empecé a notar agujeros en el dial anticonceptivo. Se está saltando días. Zorra, zorra sinvergüenza, a qué típicos juegos de parque de caravanas juegas. Ella iba a atraparlo y una vez que lo haga, lo controlará.

Los visito casi todas las noches mientras duermen. Su código de alarma es su aniversario. Trituro anticonceptivos en sus licuados de proteínas, con la esperanza de contrarrestar sus intentos. Pero fracasé. ¿Cómo pude ser tan estúpida? ¿No había puesto suficiente o había dejado de usar la mezcla para licuados? Vi cómo le contaba que no le había llegado la regla. *Observé, maldita sea, en directo,* desde la misma cámara oculta del detector de humos del techo.

Sollocé y me rasqué incontrolablemente los muslos. Me froté la piel en carne viva y se me partió la uña del dedo corazón. Las palabras "¡Estoy embarazada!" resonaron en mis altavoces. "¡Estoy embarazada!" El mundo está mareado. "¡Estoy embarazada!" Estoy pegada a la silla, horrorizada. "¡Estoy embarazada!" Hace unos momentos la habitación 9 era cómoda, ahora está sofocada y claustrofóbica. Su plan funciona y el mío fracasa. "¡Estoy embarazada!" *¿Cómo pudo pasar?* "¡Estoy embarazada!" ¿Estoy perdiendo los nervios? "¡Estoy embarazada!" Siempre he creído que soy más inteligente...

Te subestimé, Kraya la campesina.

Me abofeteé lo bastante fuerte como para que mi piel ardiera y se hinchara. Una y otra vez golpeo mi merecido rostro con el puño cerrado, la palma abierta y una bofetada que resuena como el chasquido de un relámpago. Abrazo al maniquí y lloro en sus brazos. Mocos, sangre y lágrimas caen por mi cara sobre su chaqueta. Su olor es tan fresco. Le beso la foto y le susurro: "Serás mío, Vick. Resiste, Vick. Te amo. Arreglaré esto. Necesito llevar esto más lejos...".

CAPÍTULO TRECE

La Torre Livingston tenía sus propios supermercados, jugueterías, bares y consultas quiroprácticas, así que no me sorprendió que también tuvieran una clínica. Estacioné a tres o cuatro filas de la entrada principal. Empezaba a refrescar. Rara vez llevo guantes, nunca gorro, y mi chaqueta suele llevar dos temporadas de retraso, lo que me convierte en el segundo minnesotano peor preparado del estado. Volví a entrar en el cavernoso vestíbulo y saludé a los recepcionistas. ¿Por qué construyeron el mostrador tan grande? Si es una cuestión de ego, está funcionando. Puedo decir dónde estoy y quién es el dueño del edificio. Felicidades, vendedor de mármol.

"Tengo una cita con..."

"Conmigo". Alexa se acercó desde un pasillo cercano, resonando con el clic de sus tacones. Las recepcionistas se pusieron más rectas. Teclearon más rápido. La rubia sonrió tanto que me di cuenta de que necesitaba que le sacaran las muelas del juicio. "Bienvenido de nuevo, *Sólo Vick*".

¿Qué le pasa a esta mujer con esas aberturas que recorren el lateral de su vestido? Me pidió que la siguiera y ella tomó la delantera. Hay algo diferente en ella. Amable no es exactamente la palabra: ¿más simpática? Simplemente... diferente. ¿O yo soy diferente? No. Sigo siendo yo. Salvo que ahora camino detrás de Alexa Livingston. Mejor dicho, viéndola caminar. Sus piernas se deslizan en un torso apretado y esbelto que se balancea a su paso. Esto es emocionante, pero sé que en cuanto entregue la mercancía seré desahuciada y olvidada, como tantos de sus inquilinos. ¿Qué diferencia hay entre los demás y yo? Me desecharán con sesenta mil y acceso al mejor club de golf del estado, el estándar de oro en golf y salones. Incluso en pleno invierno, los vejestorios más ricos se reúnen para tomar café por la mañana en el club. Cualquiera que tenga unas cuantas comas en su cuenta bancaria es socio. O quiere serlo.

Nos abrimos paso por el laberinto de Livingston y encontramos los elevadores detrás de una elaborada fuente. Ella introdujo un código en la botonera de latón, como Ol' Needledweeb. Sus delicados dedos marcaron uno-uno-tres-cero, y luego seleccionó la planta cuarenta y cuatro, un piso por encima de donde nos conocimos ayer.

Me pregunto qué significarán esos números. Sé que el treinta de noviembre es el cumpleaños de Winston Churchill (un hecho que me inculcó mi calvo profesor de séptimo curso con gingivitis), pero ella no me parece una friki de la historia.

"Nosotros..." Alexa tartamudea. "Primero tendremos que pasar por mi departamento. Mis abogados redactaron una nueva copia y deberían tenerla terminada y esperando". Sus ojos se centraron en los números digitales mientras pasábamos por el piso veinte, veinticinco, etc. Asentí con la cabeza. Nuestras miradas se cruzaron torpemente, seguidas de tímidas sonrisas. Es un pájaro interesante.

"Ah, sí. No hay problema", dije. Siempre me gusta ver cómo vive la gente, sobre todo los ricos como ella. Me pregunto cómo será su casa... ¿Será coleccionista de My Little Pony en secreto? ¿O una acaparadora? Apostaría a que bebe vino tinto y a que tiene un cartel que dice algo así como "*Vive, ama, ríe*" en letra cursiva.

Intercambiamos algunos comentarios casuales, sobre todo acerca del clima. Se apartó un mechón de pelo de la frente y se lo colocó suavemente detrás de la oreja.

Sabía que la estaba mirando. Debe de saberlo; estas mujeres elegantes pueden sentirlo. También su cuello, fuerte, educado, femenino y atractivo. Me alegro de estar casado. Si no lo estuviera, nunca volvería a dormir. Hice una broma sobre su trayecto a la oficina. Es la única persona que he conocido que vive un piso por encima de su oficina. Debe de ser duro.

"Es bastante agradable. Pero puede parecer un poco aislado. Puedo pasar semanas, a veces meses, dentro de esta torre. Es fácil olvidarse del mundo exterior", dijo.

El elevador se detuvo, sonó y las puertas de latón espejado se abrieron. Había otro juego de puertas solas en un pasillo estrecho. Introdujo uno-uno-tres-cero en otro teclado situado junto a la manilla. El mismo código.

Abrió la puerta. Me encontré con un paisaje tan extenso que me mareé. Olía a alfombra nueva y a limpiador de cocina. No era una acaparadora, ni de lejos. El departamento estaba escasamente decorado, con muchas habitaciones y muchas puertas, muchas de ellas cerradas. En una de las habitaciones había un número. Difícil de ver desde aquí, pero estoy casi seguro de que era un cinco. Probablemente era un armario de mantenimiento.

Asomé la cabeza al cuarto de baño. También tenía ventanas del suelo al techo con vistas a los edificios y parques de la ciudad. Junto a la bañera había un juego de grifos dorados y un bidet. Llamativo para mi gusto en cuanto a lugares para hacer caca, pero impresionante.

La sala de estar era enorme, con el suelo empotrado y sillones perfectamente espaciados, todos de cuero blanco, limpio e inmaculado. Mesas de centro vacías y libros solitarios en estanterías salpicaban la habitación. Mucho acero inoxidable. Mucho cristal. Ni un pelo fuera de su sitio, ni un grano de polvo. Como la ayudante del presentador de un concurso, señaló su espacio. Esta mujer es tan ordenada como una bibliotecaria autista.

"¡Esto es! Acogedor, pero me encanta".

¿Acogedor? ¿Como pequeño y hogareño? Creo que lleva demasiado tiempo en esta torre. Toda mi casa y el terreno sobre el que se asienta cabrían en su salón. La seguí hasta una de las habitaciones traseras, donde me ofreció asiento. Tenía un escritorio, una computadora y una taza blanca que contenía un racimo de bolígrafos nuevos. Abrió la laptop y tecleó unas cuantas contraseñas.

Allí estaba yo, mirando el fondo de pantalla de su computadora. Su marido, a mi imagen, adornaba su pantalla. No me acostumbro a esto. También me miraba desde algunas fotos de su escritorio. Y varias más de las paredes. Fotos de mi clon en la playa, agarrado a la cintura de Alexa y a un cóctel. Allí estaba de nuevo, en París, junto a ella en un restaurante elegante. Allí me vi dándole la mano a alguien, probablemente su padre por el tamaño de su barriga. Es raro. Interesante, supongo, pero raro. Sus buenos genes estaban a punto de pagar mis facturas. Gracias, tipo muerto.

"Mierda, aún no ha llegado". Agitada, tecleó una nota para alguien, presumiblemente sus abogados. "Les pago lo suficiente, uno pensaría que podrían enviar las cosas a tiempo". Sí. Los abogados. No puedes vivir con ellos, no puedes matarlos. Empezarían a demandarte antes de que pudieras recargar. "Lo siento, tardaré unos minutos más. ¿Puedo enseñarte esto mientras esperamos?" Le complací. Empezamos por la cocina. Me ofreció una botella de agua y la acepté. Luego me habló del granito importado y de sus electrodomésticos europeos.

Acerté con el vino tinto. Tenía un frigorífico para vino con control de temperatura. El comedor era bonito, pero un poco demasiado estéril para mi gusto. Una mesa enorme tenía veintidós puestos, todos con platos, plata y unos cuantos vasos. Parecía como si hubieran quitado las etiquetas ayer.

Una de esas tontas revistas de famosos yacía torcida a un lado del sillón y una taza de café descansaba cerca. Hasta el momento, era la única señal de vida en aquel lugar.

Nos dirigimos hacia el otro lado de la vivienda. Nos saltamos el cuarto de mantenimiento con el número seis en la puerta (después de todo, no era un cinco) y entramos en un trastero. Ella se burló del desorden, aunque yo no vi nada fuera de lugar. Mi idea de trastero significaba pilas y pilas inclinadas de mierda vieja. La suya eran recipientes de Tupperware organizados con colores.

Justo cuando estaba a punto de salir de la habitación, me llamó la atención un pequeño reflejo, una cámara diminuta en una esquina. Regresé la vista a la sala de estar. Allí también, montadas en lo alto de la esquina de la habitación, unas cámaras diminutas vigilaban. Le pregunté al respecto. Se rió. "A mi marido y a mí nos gustaba viajar. Las hicimos instalar para vigilar a los perros mientras estábamos fuera". ¿Perros? No puedo imaginarme que hubiera un animal aquí dentro. Si fuera así, habría contratado a un equipo de forenses para que recogieran todos los pelos de perro con una pinza.

Entramos en su dormitorio; mejor dicho, *ella* entró en su dormitorio. Me quedé cerca de la puerta como un caballero. Se paseó por la habitación, hablándome de su somier francés y de su silla de maquillaje noruega. ¿Cuánto tiempo hacía que no entraba en casa de otra mujer, y mucho menos en su dormitorio? Mucho. Bastante.

Sobre la cama había unas ochenta almohadas. La habitación olía a vainilla con sabor a nuez y, por supuesto, a más de esa cosa afrutada y sensual. Junto a la cama había unas cuantas fotos más de su marido. Otra foto de la playa. Esta vez era un bikini rosa, cubierto por uno de esos pañuelos de diseño que a las mujeres les encantaba llevar alrededor de la cintura. Pobre desgraciado. Seguro que aquí se la pasaron bien. Lo que me recordó que tenía que mirar a mi alrededor en busca de cámaras. No hubo suerte. Al menos tenía cierto sentido de la intimidad. O lo tenían sus cachorros. Lo que fuera.

Los frascos de maquillaje y otros elixires femeninos estaban esparcidos por un escritorio al otro lado de la habitación. Había bolas de algodón y lápiz de labios desordenados. Todo lo demás en su guarida estaba perfectamente ordenado. Tengo la teoría de que ninguna mujer es capaz de mantener limpia su sección de maquillaje. Esto es la prueba.

Su teléfono sonó. Unos dedos suaves se desplazaron por la pantalla. "Ah, el contrato está aquí". Una impresora rugió en el despacho cercano. Me sentí aliviado de salir de aquel dormitorio. Demasiadas ideas que me llevarían al tribunal de divorcios.

Las páginas salían de la impresora. Parecían interminables. Esperé y finalmente volví a sentarme en el asiento que había ocupado antes. Sacó la primera pila de la tolva. "Los ajustes están aquí". Señaló. "...y aquí en rojo. Se han añadido el importe en dólares y el acceso al club". Se inclinó más hacia ella. El olor de su pelo era embriagador: un ramillete de feminidad. Se inclinó de tal forma que la tela quedó a un lado, dejando al descubierto dos montículos bronceados. Volví a centrarme en el contrato; firmé y puse mis iniciales. Volví a firmar y puse mis iniciales en algunos puntos más. El papeleo hipotecario es menos exigente.

Después de firmar la última página, Alexa dijo: "Oh, he añadido una cosa". Sonrió con satisfacción. "No creí que te importara".

CAPÍTULO CATORCE

Tengo una distracción. Hice un nuevo plan.

Francis es perfecto. Un antiguo alumno del Estado de Nueva York, corredor de bolsa y ejemplo ejemplar de mi nivel social. Lo encontré en un sitio exclusivo de citas. Tenía suficiente dinero para viajar y suficiente sentido común para saber que debía hacerlo.

Lo conocí en la pista. El avión de su padre no era tan grande como me habían dicho. Bebimos, cenamos y pasamos la noche en mi departamento del piso 44. Evitamos a todo el mundo, yendo y viniendo en elevadores de carga y coches privados. No había necesidad de rumores ni de que nadie se enterara de mi aventura con Francis.

La seducción fue fácil. Estaba preparado incluso antes de conocerme. Éramos la pareja perfecta. Guapos. Ricos. Divertidos. Todo era perfecto excepto ese desgraciado acento de la Costa Este. ¿Puedo moldearle para que sea la persona que necesito que sea?

Empezamos a vernos todos los fines de semana. Normalmente en un centro turístico o un destino lejano. Me reía de sus chistes y cogía con él como si fuera un dios.

Tres meses después de conocernos, me propuso matrimonio. No fue algo inesperado ni demasiado rápido para mí. Me había lanzado indirectas, me había dejado muchas notas sobre pasar nuestra vida juntos y leía revistas de "novios" junto a la piscina. Dije que sí, me quedé boquiabierta y me lancé sobre él.

Estábamos en España cuando me hizo la pregunta. Envié correos electrónicos e hice todas las llamadas obligatorias. Todo el mundo estaba entusiasmado. Incluso mamá mostraba un atisbo de felicidad tras sus ojos fuertemente sedados. Seguía tomando pastillas. Seguía bebiendo y seguía durmiendo más horas de las que estaba despierta.

Recorrimos Europa y planeamos una magnífica boda para dentro de unas semanas. Papá voló, pero el resto de la familia no. Los padres de Francis también vinieron. Querían conocer a la zorra que le había robado el corazón. En las conversaciones por Skype me di cuenta de que no lo aprobaban, pero ¿qué podían decir? Es un hombre adulto. Un hombre adulto, guapo, rico y joven.

La boda fue pequeña. Muy pequeña. Sólo los padres, menos mi madre. Tuvo lugar en una playa de Irlanda. El hotel era precioso. No importó que lloviera sobre mi vestido blanco. Sonreí y lloré: todo lo que debe hacer una novia.

Pasamos la luna de miel y volvimos a Minnesota para quedarnos en la Torre Livingston unas cuantas noches más antes de decidir dónde mudarnos. Él estaba extasiado. Yo era su fantasía, su supernovia. Toda mujer, toda sexual, brillante, rica y toda amorosa.

Seguíamos evitando los elevadores principales. Se había convertido en un hábito. Era excitante, vivir en secreto, hacer esperar al mundo para ver a quién había elegido. Nadie del edificio lo había conocido. Mi plan: hacer una gran revelación a la familia, los amigos y otras familias adineradas la semana que viene. Papá dedicó mucho tiempo (y dinero) a planificar la recepción de bienvenida.

La primera noche en casa lo hice sentirse como un hombre. Soy su mujer, un trofeo con el que jugar. Estuvimos desnudos toda la noche, revolcándonos y dando vueltas con la respiración agitada. Cuando por fin nuestros cuerpos se hartaron, nos retorcimos juntos para descansar. Las botellas de champán vacías llenaban mi habitación. Él roncaba, borracho y dormido.

Pero yo no estaba dormida.

CAPÍTULO QUINCE

"¿Cuál es el cambio?" Levanté el montón, hojeándolo como si supiera qué demonios estaba haciendo.

"Oh, no es nada. Una reunión rápida. Tendremos que volver a vernos dentro de unos días para repasar tu ascendencia familiar. Ya sabes, cosas que él o ella puedan preguntar más adelante". Me quitó el contrato y lo metió en un sobre con un ruido sordo. "Práctica habitual".

Parecía legítimo. "Puedo hacerlo. Probablemente sea una buena idea. El niño preguntará algún día de dónde viene". Además, mi historia familiar era corta. Mamá y papá eran bastante vainilla. Abuelos de algún lugar nórdico. Pan comido.

Nos encontramos de nuevo en el elevador, bajando a la clínica de la planta doce, llamada creativamente La Clínica de la Planta Doce.

"Buena suerte ahí abajo, Vick. Esto significa mucho para mí".

Sentí una mano suave en el brazo. Su brazo permaneció más tiempo que un golpecito, pero menos que un apretón de manos de poder, ya sabes.

Sonreí, mirando de nuevo aquellos malditos ojos. "Para mí también significa mucho. Me alegro de poder ayudar, señorita Livingston". Mierda, sí, me alegro de poder ayudar. Estoy pensando en un viaje a Disney. Y al final de un largo día, puede que vaya a golpear unas cuantas pelotas con otros miembros de la alta sociedad.

"Ya hemos pasado lo de la *Señorita Livingston*, Vick. Llámame Alex. Después de todo, estás a punto de ser el padre de mi hijo".

De repente se me revolvió el estómago. Aquellas palabras eran cortantes. Kraya se sentiría muy dolida si supiera lo que estaba a punto de hacer. Tantas voces contradictorias se agolparon en mi cabeza. Mi decisión había parecido tan obvia. Ahora me parecía más bien un engaño, una violación dolorosa. Si Kraya se enteraba, me pasaría como a una caja de tampones con sabor a chile. Pero puede que ahora sea demasiado tarde. El contrato es vinculante y yo lo firmé. No puedo imaginar lo que sus lobos legales me harían, nos harían, si me echara atrás ahora.

Entra, sal. Cobrar. Olvídalo. Le ofrecí a Alex una sonrisa a medias. "De acuerdo, Alex". ¿Qué más se puede decir aquí? Esto no estaba en el manual.

La clínica estaba acompañada por una farmacia, una pintoresca librería/cafetería y algunas tiendas más. La Heladería de Phil y el Wing Shack también flanqueaban los laterales del pasillo. La clínica tenía un enorme logotipo sobre la hilera de puertas de cristal. El letrero de neón era un gran número doce con la palabra clínica en vertical por el interior del número uno y un pequeño "El" en cursiva encima del doce.

Alex se retorcía las manos nerviosamente. "¡Vaya!" Hizo una pausa y sonrió ampliamente. "Aquí es, Vick". Señaló la clínica. "El Dr. Vanberg te está esperando". Cerca de la entrada había un hombre delgado con una capa blanca. Volvió a tocarme el brazo, esta vez con unos suaves apretones. "Estaré pensando en ti". Esta mujer es otra cosa.

Hice girar el teléfono en la punta de los dedos. "¡Oh!" Alexa señaló mi aparato. " Se me olvidó el teléfono arriba. Necesito una foto de nuestro gran momento. ¿Te importa?" Levanté el teléfono y desbloqueé la pantalla. Toqué el icono de la cámara y le tomé una foto.

"¡No, de nosotros! Hoy no se trata de mí. Se trata de nosotros, de hacer algo mágico. Algo especial". Ladeé la cabeza. ¿Sobre nosotros? Qué curioso. Se acercó por mi izquierda y me rodeó el hombro con el brazo. Su cara, tan cerca que podía oler su aliento, dulce y mentolado. Su cabello se agitó a mi lado como en un anuncio de champú. Le rodeé la cintura con un brazo y con el otro sostuve mi teléfono a distancia. Su vientre está caliente, duro también, moviéndose con su respiración.

Tomé la foto y pulsé un par de veces más para asegurarme de que salía bien. "¿Puedes enviármelas? Tienes mi línea directa". La tenía. La había marcado con un círculo en el contrato.

"Claro. En cuanto...". Quería decir que en cuanto acabara de masturbarme en la habitación de ahí atrás, te lo enviaría, pero opté por el tacto. "...haya terminado en la clínica, te lo enviaré".

"¡Por favor!" ¿Qué le pasa con tocarme el brazo? "Por favor, envíalo ya". Su voz controlada. Seria. Por lo visto, lo quería ya, ahora mismo.

"Sí. ¿Puedes volver a darme tu número? Esta vez lo guardaré". Recitó su número. Lo añadí a mis contactos y seguí los pasos para enviarle las fotos. Las envié todas. Después de aquella muestra de intensidad, quería asegurarme de que conseguía lo que quería.

Su teléfono sonó en su bolsa. "Parece que, después de todo, tenía mi teléfono". Lo sacó y hojeó las imágenes. "Perfecto. Simplemente, ¡perfecto! Te pareces a él. Es... asombroso. Estás increíble".

Eso pensaba yo. Me vestí con mi mejor polo y mis vaqueros favoritos. Extendí una mano. "Bueno. Esto es todo. Gracias por todo. Supongo que ahora tengo que hacer mi parte". Tengo gente que hacer y lugares que tocar.

Me tomó la mano. "Sí, claro. (Adelante. Y gracias de nuevo".

Me miró entrar en la clínica. Estoy seguro de que no pestañeó. Le ofrecí la misma mano al médico. Él también la estrechó y me condujo a un pasillo en blanco y fluorescente. Habló mientras caminábamos.

"Encantado de conocerle, Sr. Miller. He oído hablar mucho de usted a la señorita Livingston".

Doblamos una esquina. Olía a hospital, una desagradable combinación de amoniaco y cualquier otra cosa que haga ese olor. ¿Hay un kit que encargan los administradores de los hospitales con diez horribles impresiones artísticas y olor a hospital pulverizable? Probablemente.

"Sr. Miller, ¿ha donado muestras antes?".

"Sí, pero nunca en un entorno hospitalario".

El médico hizo una pausa y señaló una sala de exploración abierta. "No me interesa ninguno de sus chistes soeces, Sr. Miller". Su sentido del humor es claramente tan colorido como su bata de laboratorio.

"Lo siento. No, nunca he donado esperma". Parecía satisfecho con esa respuesta. Me sentó en una pequeña silla de la sala en blanco y se puso a mi lado.

"¿Has tenido relaciones sexuales o te has masturbado en las últimas setenta y dos horas?". Me miró a través de unos gruesos lentes. Sus manos se detuvieron sobre el portapapeles.

Hmmm. Difícil. ¿Qué noche fue ésa? No de sexo, por supuesto, pero sin duda azoté al delfín en algún momento reciente. "¿Hace dos días?"

"¿Fue hace dos o tres días?"

"No estoy seguro".

"¿Recuerdas qué día? ¿O algún acontecimiento en torno a la sesión?"

"¿Qué importancia tiene? ¿Cuarenta y ocho horas? ¿Setenta y dos? ¿Cuál es la diferencia?"

"Sí".

¿Qué mierda de respuesta es ésa? "Fue hace setenta y dos horas". Estoy mintiendo. Me da igual. He terminado con este tema. Después me hizo algunas preguntas más. ¿Soy sexualmente activo fuera de mi matrimonio? ¿Mi último control de ETS? ¿He tenido algún cáncer de pelotas? ¿Me cuelgo a la derecha o a la izquierda? Cosas normales de una conversación de sobremesa.

Cuando pareció razonablemente satisfecho con mis respuestas, me dejó un vaso, unas toallitas húmedas y una pantalla de televisión. "Puedes echar un vistazo a nuestra selección de entretenimiento estimulante si lo necesitas". Sonrió, consultó su reloj y se hurgó la fosa nasal con un dedo gordo y meñique.

Le di las gracias y cerré la puerta. No quiero tener nada que ver con esa televisión ni con el control remoto que la acompaña. ¿Cuántos otros fluidos se han derramado en esta habitación? ¿Sangre, mugre y caca también? ¿Y qué hay de la hepatitis, el SIDA y todas las demás enfermedades que se contraen normalmente por divertirse demasiado con una morena que lleva el nombre de una ciudad?

Navegué por algunos sitios en mi teléfono. Nada me llamó la atención. Me sentí un poco pervertido. Normalmente tengo la decencia de sacarme el pene en la intimidad de mi casa. Dejé de navegar. Aparté Internet y abrí mi álbum de fotos. Alex. Su foto, de pie en el pasillo. Esto podría funcionar. Apoyé el teléfono en el escritorio y me puse a trabajar. A un ritmo de unos mil dólares por tirón, terminé. Los sesenta mil dólares más fáciles que había ganado nunca.

Abrí la puerta y llamé al doctor. Desde lejos, me preguntó: "¿Necesita que vaya allí?". Le dije que era demasiado tarde. Ya lo había hecho. Otro perdido en el doc. Recogió mi licuado de frutas y me acompañó al mostrador. Firmé una autorización y seguí mi camino.

CAPÍTULO DIECISÉIS

Roncaba con un brazo estirado sobre la cama y una pierna completamente caída. Me quito de debajo de su brazo pesado y peludo. Llevaba bebiendo desde primera hora de la tarde, así que no va a ninguna parte.

Me enrosco una bata blanca y me la anudo a la cintura. Es fresca contra mi piel, una sensación agradable frente al cadáver sudoroso del hombre que yacía en mi cama. Mi marido. Esas palabras suenan asquerosas, incluso perturbadoras. Introduzco el código de la habitación 9 y miro una vez más a Francis para asegurarme de que está dormido.

El hombre me dijo que era lo bastante fuerte como para detener a un toro embistiendo. Lo llamó Compuesto X. Estoy segura de que tiene un nombre más científico, pero el Compuesto X subió su precio a cinco mil dólares por onza líquida. Es una droga rápida: se disipa en minutos, no en días. Lo llamó un milagro de vida media. Abandona el cuerpo demasiado deprisa como para seguirle la pista.

Introduzco la aguja en el diminuto vial, extrayendo no más que un tapón de botella de líquido.

Vuelvo a mirar la pantalla, para asegurarme de que sigue durmiendo. Tengo cámaras en todos los rincones de mi departamento. La cámara del dormitorio, sin embargo, está oculta en la lámpara. No se había movido. *Gracias, Francis. Ahora necesito que hagas algo por mí.*

Cierro silenciosamente la puerta de la habitación 9. Se cierra con un silencioso clic. La habitación apesta a alcohol y sudor, la culminación de un exceso de indulgencia y vigor ignorante. ¿Quién es este hombre? Este, este, este, neoyorquino con el que estoy casada. Nunca preguntó por mí. ¡Jamás! ¡Ni una sola vez! ¡Nunca, nunca, nunca! Estaba tan hipnotizado por mi entrepierna que se olvidó de todo lo importante.

La aguja se deslizó en la pequeña membrana entre los dedos de sus pies. Los latidos de mi corazón se aceleran, puedo sentirlos en mis oídos. La colonia de Vick de la habitación 9 persiste, aún puedo olerlo. Más mariposas en mi pulso mientras mi pulgar empuja el émbolo de la jeringuilla. Arqueo la espalda mientras veo el primer torrente de sustancias químicas entrar en su cuerpo.

Lentamente, vierto más compuesto en su pie. Me lo imagino subiendo por sus venas, a través del tobillo y hasta los muslos, por la ingle y hasta su flácido y diminuto pene. Su pecho se está llenando de compuesto X. Respira, amor mío, respira. Me tiemblan las piernas y me hormiguean los muslos. Mis rodillas tiemblan, casi se golpean entre sí. Apoyo un dedo en su cuello, palpándole suavemente el pulso. Sigue aquí. Mi respiración se intensifica cuando le introduzco el último golpe de líquido en el pie.

Se estremece, sobresaltándome. Se me escapa una risita repentina. "¡Me asustaste, Francis!" Sus ojos se abren un instante y parpadean. Tiene la boca abierta. "Ya casi, cariño. Shhhhhhh..." Le entra un temblor en todo el cuerpo. Su corazón salta y tartamudea. Siento que se me curva el labio en una sonrisa.

Sus ojos se apagan y susurro: "Gracias, Francis, estoy un paso más cerca". Le beso la frente y deslizo los dedos sobre sus párpados para cerrarlos. Recuerdo a mi madre besándome la frente cuando era niña. Me trae dulces recuerdos, una época en la que madre no se escondía en el ámbar de un frasco de pastillas. Me cantaba a la hora de acostarme. Me besaba la frente y me susurraba: "Estrellita Dónde Estás…Me pregunto Quién Serás ".

Tararee el resto de "Estrellita Dónde Estás" con una sonrisa mientras le sacaba la aguja del pie y cubría su cuerpo inerte y desnudo con las sábanas. Le limpié un poco de espuma de los labios y le besé la frente por última vez.

"Buenas noches, cariño". Sonreí, apagué la luz y cerré la puerta.

CAPÍTULO DIECISIETE

Las cosas van bien. Muy bien. Había llegado a un acuerdo con algunos de los chicos del club sobre un dúplex tipo rancho en la zona sur y estaba pasando un tiempo muy necesario con el hombrecito. Me había reunido con Alexa hacía un tiempo para contarle mi historia familiar. Me sorprendió: había investigado a fondo. La reunión fue breve y no tan memorable como las otras.

A Kraya y a mí también nos iba bien. Parece que la culpa es un plato que se sirve mejor a diario. Me sentía mejor con mi decisión, pero durante semanas después de la donación me sentí fatal. Es curioso cómo te esfuerzas demasiado por mejorar una relación cuando te sientes como un imbécil.

A Kray le pasaban cosas raras. Estaba de arriba abajo, olvidadiza y somnolienta, insomne y enérgica. Después del parto, lo normal. Había visitado a su enfermera varias veces y había obtenido la misma respuesta: "*Son las hormonas. Relájate, todo mejorará*". Y tenía razón, mejoraba. Normalmente justo en el momento en que se quedaba dormida. La mayoría de las veces voy en el vagón de pasajeros de su montaña rusa emocional.

Es mi época favorita del año, así que me dedico a esconder sentimientos. Puedo ignorar muchas cosas cuando estoy sumergido en un álbum navideño. Unos veinte centímetros de nieve atascan las calles y de todos los porches cuelgan luces rojas y verdes parpadeantes. Los cantores de villancicos y los campanilleros están en la calle, recaudando dinero para una obra benéfica que no sé si existe. De vez en cuando echo una moneda en el bote porque, maldita sea, es sólo una moneda, no uno de esos cheques gigantes que te dan cuando te toca la lotería.

En nuestra casa suena música navideña desde que se acaba el ave de Acción de Gracias hasta el primer día del nuevo año. Sin excepciones. Esta semana mi hijo y yo hemos empezado a abrir las puertas del calendario de adviento. A él le gustan los dulces y a mí la tradición.

Estábamos terminando de desayunar cuando sonó mi teléfono. El identificador de llamadas decía: "A. Livingston". Kraya ladeó la cabeza con curiosidad y señaló, con la boca demasiado llena de comida para preguntar. "Tengo que contestar, cielo". Me llevé el teléfono a la oreja y contesté: "¿Diga?".

"Buenos días, Vick".

"Alex, buenos días. ¿Qué puedo hacer por ti?" Tengo que largarme de aquí antes de que Kray se entere de algo. Me dirijo a mi despacho, cogiendo mi teléfono y un bocado más de pan.

"Deberíamos hablar", me dice. Su tono es ilegible.

"Estamos hablando ahora, ¿no?".

Se rió. "Lo estamos, sí, pero tenemos que hablar de unos asuntos. En privado".

Me intriga. "Estoy libre la semana que viene. ¿Quizá el miércoles?" Esta semana he tenido mucho trabajo. Inspecciones, algunas reparaciones, siestas... lo normal.

"Asistiré al acto benéfico de Preston mañana a las seis de la tarde. Hablaremos allí. Vístete formalmente. Tengo algunas personas que me gustaría presentarte".

¿La casa de Nick Preston? Nick es muy conocido en la comunidad. Uno de esos tipos con tanto éxito que hasta los famosos de la lista B quieren conocerle. Llevaba en el negocio desde que yo era un chiquillo y organizaba fiestas benéficas de Navidad todos los años. Sólo con invitación. Exclusivas. Codiciadas. Me apunto. "Tendré que reorganizar mi agenda, pero probablemente pueda ir".

"Bien. Recógeme a las cinco y media".

Demonios, es una engreída. ¿O es confianza? En cualquier caso, es un poco molesta. "¿Te recojo? ¿En la torre?" Ahora la llamo "la torre". Cualquiera que sea cualquiera la llama así.

No hay respuesta.

"¿Hola?" Nada. Ni una llamada perdida. Ni un cuelgue, sólo un ruido vacío. Como si se hubiera vuelto a meter el teléfono en el bolsillo. "¿Alex?"

Seguía sin responder.

La pantalla mostraba que seguíamos conectados. ¿Quizá una mala señal? Pregunté si estaba allí unas cuantas veces más y colgué. Volví a meterme el teléfono en el bolsillo y subí las escaleras. Pateé unos cuantos coches de juguete y una pelota azul de la escalera mientras subía. Kraya estaba hasta los codos de puré de manzana porque nuestro hijo había decidido darle un manotazo a la comida en vez de comérsela. Yo también he tenido esos días, amigo.

"¿Quién era?" Curiosidad conyugal, inocente pero indiscreta.

"Una amistad del club. Puede que quiera que trabajemos juntos". Evité usar él o ella. Negación plausible. No es deshonesto si no mientes, aunque estoy empezando a hartarme de esta maldita zona gris.

"¡Oh, bien! Avísame de lo que pase, ¿quieres?".

Le dije que lo haría.

Limpiamos el desayuno y hablamos de su semana. Limpió la mesa en círculos con una servilleta rota y húmeda. El lunes encontró una oferta de jamón ahumado doble y pañales. El martes devolvió aquella película que nunca vimos, y el miércoles comió estupendamente con Clarissa. Hablaron del nuevo novio de Clarissa, un semental más joven con aspiraciones de enfermero. Asentí con la cabeza, dije: "¿Eh?", y lo mezclé con: "¿Ah, sí?" y "Oh, podría verlo".

Las conversaciones con tu cónyuge son como hablar con una grabación de ti mismo: A) Probablemente sabes cómo va a acabar la historia, B) Siempre es unilateral, y C) La persona que está al otro lado es alguien a quien quieres.

Después de secar los platos y de que Junior se acurrucara en su cama para dormir la siesta, me fui. Me había quedado sin pintura y uno de los alquileres tenía las paredes sedientas. Pulsé el botón de la puerta del garaje en el visor y esperé a que se abriera. Nuestro garaje se iba estrechando a medida que pasaban los años. Neveras y cajas ondulantes se alineaban en las paredes. Debería dedicar un día a trabajar en esto. Pero, ¿quién tiene tiempo? Esperaré a la primavera.

¿Gafas de sol? Listo. ¿Teléfono? Listo. Mientras rebuscaba mis cosas en la consola central, vi un sobre enterrado bajo unas monedas y una ballena de juguete. La puerta del garaje seguía abierta, así que me tomé un segundo para echar un vistazo. Un recibo del cajero automático de ayer por la mañana. Retiro de cuatrocientos dólares. ¿Por qué retiró esa cantidad? ¿Y por qué dinero en efectivo? Siempre utilizamos tarjetas de crédito; los puntos son demasiado buenos para dejarlos pasar. Sé que estaba mirando algunas cosas en eBay. Bum. ¡Ya sé! Regalos de Navidad. Astuto, astuto, Kray. Buen intento. Aunque no lo mencionaré. Si lo hago, lo disimulará mejor la próxima vez.

Mis neumáticos crujieron en la nieve al salir del garaje. Podía oír a algunos vecinos raspando las palas contra su entrada. Decidí renunciar a las compras de pintura y optar en su lugar por algunas compras navideñas. ¿El niño necesita calcetines y Kraya? Hmmm. ¿Quizá un collar? Nunca sé qué comprarle. Sus regalos son siempre tan atentos. Los míos suelen ser caros.

Ir de compras fue pan comido. Entré y salí, como debe hacer cualquier hombre. Aunque fue breve, disfruté de mi breve encuentro con el centro comercial. La misma música navideña, maravillosamente repetitiva, en todas las tiendas. Incluso tuve tiempo de pedir un café y sentarme un rato a disfrutar de la extravagancia de observar a la gente en Navidad. Madres con niños revoltosos. Abuelos con sonrisas y pañales. Adolescentes con cabello negro, piercings y testosterona. Seis tiendas y una taza de negro en sesenta minutos. Un nuevo récord.

Tras navegar por el laberinto helado del estacionamiento, me dirigí a casa para envolver sus regalos. Los regalos de los niños son siempre los más fáciles de envolver. El papel de regalo de dibujos animados suelto y unos cuantos hilos de cinta adhesiva transparente son perfectos. Los regalos de Kraya eran más difíciles. Ya sabes, envuelve el papel apretado y liso, y pon una cinta alrededor de la caja. Puse un moño en la parte superior, donde la cinta formaba una X, y recorté una tarjeta "Para: /De:" de un trozo de papel sobrante.

Tardé diez minutos en envolver cada regalo. Desenvolverlos me llevará siete segundos. Creo que me he equivocado de negocio. Alguien se está forrando fabricando papel de envolver de un solo uso. ¿Cuánto cuesta fabricarlo? ¿Quizá diez centavos? He pagado ocho pavos por esta mierda de papel brillante y cargado de muérdago.

Guardé los regalos bajo el árbol y comí unas galletas. Es época de delicias escarchadas y de cinco kilos de más en la cintura. Kraya se ha puesto a hornear galletas. No estoy convencido de que coma o duerma, sólo galletas, galletas, galletas, veinticuatro horas al día. Ha estado en uno de sus "subidones": energía, diversión y motivación sin fin. Sabía que en cualquier momento se produciría un bajón, pero ésta era la mejor versión de Kraya que había visto en meses. Por lo visto, esto aún entra dentro del rango de comportamiento algo normal para los primeros años de maternidad.

Kraya hablaba sin parar mientras ponía bolas de galleta en la sartén. Me había acomodado en la sala de estar, con los pies en el sillón reclinable, lanzándole un "Sí" y un "Ajá" cuando lo necesitaba.

"...¡Besó a esa otra chica y ella lo sabía! Le dije que ella valía más que eso. ¡Nadie debería salir con alguien que engaña! Molesta, ¿verdad? ¿Que volviera con él? Después de todo esto...".

En mitad de la frase, el sonido de una sartén de hojalata golpeando la baldosa resonó por toda la casa. Se le había caído una sartén con galletas. ¿Era una sartén horneada? ¿O de masa de galletas? Contuve la respiración y esperé a que se derritiera. Espera... ¡espera! Apreté los dientes y entrecerré los ojos. Cuando está de buen humor, es explosiva.

¿Eso es risa? ¡Se estaba riendo! Asomé con cuidado la cabeza a la cocina y la vi sentada en el suelo, riéndose de las galletas.

"¿Todo bien por aquí, cielo?"

Se giró hacia mí, con los ojos muy abiertos. "¡Oh, ja! Sí. Sí. Sí, sí, sí. Todo es maravilloso!" Las palmas abiertas señalaban el desastre de galletas.

¿Era sarcasmo? Difícil saberlo. "¿Seguro que estás bien? ¿Puedo hacer algo por ti?". Me encogí. ¿Por qué había hecho una pregunta tan estúpida? Inevitablemente se le ocurriría algo.

"Sí, gracias. Necesito un kilo más de azúcar y otro poco de harina, ya que estás. Ah, y ¿puedes coger también unas bolsitas de puré de manzana, ya que vas a salir?".

¿De verdad está bien? No. No lo está. Está más tensa de lo que nunca la había visto. Puede que le toque otra visita a la clínica.

Más recados y una hora lejos de Kraya podrían ser el héroe que necesito ser ahora mismo.

CAPÍTULO DIECIOCHO

La influencia de papá mantuvo nuestra corta boda y el infarto de Francis fuera de los periódicos. A los medios de comunicación les daba morbo escribir sobre *el breve matrimonio de los Livingston, que terminó tras el infarto de su marido.* Se necesitó dinero, mucho dinero, para mantener a la prensa al margen. Un favor que le pedí a papá.

Me afligí públicamente, llorando en silencio siempre que me miraban. Me tomé un mes de vacaciones, algo que nunca imaginé posible. También lloré en las cenas familiares. Mi madre fue un hombro sorprendentemente maravilloso sobre el que llorar. Escuchaba mis historias y me estrechaba entre sus frágiles brazos. ¿Todavía tiene algún instinto maternal enterrado en su interior?

Por la noche estoy tranquila. Soy metódica. Cambio los jerséis negros y los ojos hinchados por ropa de entrenamiento. Corro kilómetros en mi cinta, levanto pesas y paso tiempo en mi cama de bronceado. Estoy creando un mundo hermoso para nosotros. Vick caerá rendido a mis pies porque ya es mío.

Compré un nuevo paquete de seguro médico para él. Al hacerlo, tuve que asegurar a su mujer... Odio que ella se lleve ese título primero: su mujer. También aseguré a su hijo. Nuestro hijo... Pronto también será mío. Su pequeño corazón crecerá para amarme a mí, a mi sonrisa y a mi capacidad de amar a su padre. Los niños pueden sentir ese tipo de ternura, ese sentido innato del amor. Utilicé la compañía de Vick para comprar su seguro actualizado. Cualquiera puede comprar un seguro para desconocidos con el número de la seguridad social, el FEIN y una tarjeta de crédito adecuados. Me dio una puerta trasera a todos sus registros y me permitió solicitar un análisis de sangre rutinario. Necesito saber que sigue a salvo. ¿Le había infectado esa zorra de esposa con algo peor que su presencia?

Aún lo sigo. Aunque he mejorado, soy más avanzada. Utilizo el rastreo GPS en su coche y en su teléfono. Incluso tengo un chip en los zapatos de su hijo para poder vigilarlo también, si esa fulana no puede.

Todo encaja en su lugar. Todo es perfecto. Sobre todo hoy. Hoy es diferente. Mi toma en el segundo acto de la obra. He aprendido de mis errores y me doy cuenta de que tengo que labrarme mi propio destino. No puedes confiar en que otros nos presenten. Esta vez será diferente.

Entro en el estacionamiento del supermercado, unos cuantos coches detrás de él. Camina despreocupadamente, esquivando el tráfico mientras se dirige a las puertas correderas. "Ten cuidado", le susurro cuando un paleto frena en seco para esquivar a Vick. Si le hiciera daño, sacaría su trasero de franela del camión y lo mataría allí mismo. Hoy has tenido suerte, Cleatus. Espero un minuto agonizante antes de seguirlo a la tienda. Me reviso el cabello, las uñas, la sombra de ojos y entro.

Le veo. Dios mío, lo veo de pie, despreocupado, en el pasillo de la fruta. Puedo sentir su piel contra la mía. Su sonrisa es tan brillante que ilumina toda la tienda. Huelo su perfume y un torrente de endorfinas y fluidos llega a mi interior.

¿Cuánto tiempo hace que no visito un supermercado público? ¿Por qué caminas entre la plebe, Vick? Deberías comprar comida de verdad, no estos aguacates pasados y esta pobre excusa de tomate. Cuando nos casemos, verás lo que es tener un comprador personal y lo que sabe comer comida de verdad.

Camino detrás de él con las manos temblorosas. No puedo llorar. - ¡No llores! Ya está. Estoy tan cerca que puedo verle el pelo. Cada uno, hermoso a su manera: en zigzag y en zigzag. ¿Saben lo afortunados que son por crecer ahí? El pozo de mi estómago se hace más profundo. Mantén la calma. Sigue caminando. Mis tacones hacen ruido en los azulejos sucios y descoloridos, y huele a fruta mohosa y a mujer jubilada. ¿Y si no me ve? ¿Y si todo este trabajo no sirve para nada?

Nuestras miradas se cruzan y me ruborizo.

Mierda. Mierda. Mierda. Ahí está. Me vio. Me ha visto. Reúne tus pensamientos. Reúne fuerzas; respira, respira, escucha, tararea, respira, ríe, no rías. Te vio. Eso es. Sigue el plan. Sigue el plan. Bebe el agua, Vick.

CAPÍTULO DIECINUEVE

Me desperté con el sonido de un sollozo. Esta vez no era Kraya, sino nuestro hijo pequeño, que gritaba desde la cuna. Le di un codazo a Kraya, cuya respuesta fue ininteligible, incluso un poco enojada. Yo sabía lo que decía, estudié lenguas extranjeras en la universidad. Se tradujo como: " Vete a la mierda, levántalo tú, que yo estoy durmiendo". Abrió un ojo enojada y levantó las sábanas. Traducción confirmada.

Entré en su dormitorio y lo saqué de la cama. El suelo estaba frío sobre mis pies descalzos. Le cambié el pañal en el cambiador alto de madera. Sabía que algún día tendría que atornillarlo a la pared por seguridad, pero no hoy, ni tampoco ninguno de los días anteriores. Le puse unos pantalones naranjas y una sudadera en miniatura. Cielos, este niño es lindo. Volví a entrar en el dormitorio, esta vez con mi arma secreta: un chiquillo sonriente. Los ojos del dragón se abrieron por un momento, sólo para revelar un ceño fruncido y más sonidos ininteligibles.

La dejamos dormir. Preparé el desayuno, un buen desayuno, nada de esa mierda de cereales y leche. Cociné huevos, beicon y salchichas, y preparé jugo de naranja y café. Incluso eché champán para animar las cosas. Lo llevé al lado de nuestra cama en una bandeja de plata como ofrenda de paz a la diosa dragón. Se despertó, se giró y miró la comida. Tenía un aspecto horrible, como una drag queen tras una noche de demasiada coca. Rodó hacia nosotros y empezó a comer. Nos sentamos con ella mientras comía. Tardó unos veinte minutos en volver a la vida después de devorar el desayuno en la cama. Fuera por la comida o por el champán, se puso vertical y pudo cuidar de Junior mientras yo salía un rato. Misión cumplida.

Mientras me ponía unos pantalones vaqueros y una camiseta del concierto de Rush, le pregunté por la noche anterior. Me dijo: "Estaba muy nerviosa. No sé qué me pasó". Totalmente normal, estoy seguro. Me encanta esta mujer, pero hace tiempo que es un desastre. "Pero he hecho muchas galletas. Puedes llevarte algunas hoy". Metí algunas en una bolsita antes de irme. ¿Cómo iba a resistirme?

Yo, en cambio, me desperté vigorizado. Listo para rodar. Estaba deseando conocer al Nick Preston, la leyenda, el mito, el imbécil rico que poseía la mayor parte del East End. Había oído historias y visto fotos, pero nunca pensé que conocería en persona a esos capullos de la Ivy League. También intentaba enterrar la idea de que estaba deseando ver a Alex.

Metí la bolsa de viaje en el coche y salí de casa. La primera parada fue el gimnasio. Pasé un rato en la elíptica, subí mi ritmo cardíaco a uno setenta y lo di por bueno después de que mi camiseta pareciera que Chris Farley había caminado unos metros. Me refresqué en la cinta hasta que oí que el jacuzzi me llamaba por mi nombre. Respondí. Tras quince minutos de cocción en la bañera, me di un baño. Un baño largo y fresco. Permanecí diez o quince minutos en la regadera, con las palmas de las manos apoyadas en el azulejo blanco y una sonrisa en la cara. Es raro que consiga separarme de mi móvil. También es raro estar lejos de la mujer y el niño. Me afeité, me limpié las cejas y me recorté los pelos de la nariz. También me limpié todas las demás zonas que suelo descuidar. Antes de irme, saludé a unos cuantos viejos conocidos y saqué mi ropa de la taquilla.

A continuación, recogí mi ropa de la tintorería. Me costó "Trenty-a-dorrars" un par de camisas y pantalones. Después comí algo. Comí un bocadillo italiano de pavo en Dominick's Deli, en la Avenida 29. Vengo una vez a la semana, así que me considero un cliente habitual. Cuando entré, olía a café tostado, mostaza y un toque de beicon. Los cristales de la tienda eran tintados, pero tenían décadas de arañazos en la lámina que dejaban pasar láseres blancos de luz cada pocos metros. Como de costumbre, el dueño estaba de pie detrás de la larga vitrina de carnes, quesos y verduras de varios colores, viendo el fútbol en un viejo televisor de tubo colgado en la pared del fondo. Aquel tipo era un personaje, una joya. No era necesariamente un buen tipo, pero era divertido verlo. Cortó el salami y el salchichón con delicadeza, como si estuviera operando a corazón abierto. Los colocó sobre el pan con cuidado y mantuvo perfectamente el equilibrio entre la verdura y la carne. Luego, roció mostaza picante y aceite desordenadamente por la parte superior del bocadillo, como si fuera una manguera de incendios. Preparación cuidadosa, final torpe. Siempre hace los bocadillos así.

Me comí el bocadillo en la barra. No entró ni salió ningún otro cliente. Estuve a solas con mis pensamientos y mi mantel de cuadros rojos y blancos durante veinte minutos antes de que sonara mi teléfono. Limpié unas migajas de la pantalla y leí el mensaje de Kraya: "¡Se me cae el puto cabello!". El mensaje iba acompañado de una foto. Era una foto de su mano, con el suelo del baño de fondo. Tenía un gran trozo de cabello en la palma de la mano.

Alucinante. Era exactamente lo que necesitaba hoy. Le respondí: "¡Oh, no! ¿Cómo? ¿Qué?" ¿Estoy preocupado? Sí, lo estoy, pero estos sucesos extraños eran algo bastante habitual en nuestra familia.

"En la regadera. Ahora mismo. Se me... ¡cayeron! Me estaba lavando el cabello y se me han caído unos cuantos mechones. ¡Uf! Me veo fatal".

" Toma una foto, déjame ver de dónde ha salido". Me imagino a Britney Spears después de su crisis.

"¡Te lo enseñaré cuando llegues a casa!". Acompañado de una larga retahíla de caras ceñudas.

"¡Siento mucho que te pase eso, nena! Estaré en casa dentro de un rato y le echaré un vistazo".

"¿No puedes venir a casa ahora? Estoy preocupada. He leído en Internet que puede ser alergia. Tiré todo el jabón y el champú. ¿Puedes comprar champú y acondicionador nuevos de camino a casa?".

"No tengo ni idea de qué regalarte de champú y acondicionador". En serio, ¿has visto los pasillos de la tienda? Hay demasiadas opciones. Hidratante, rizador, cuero cabelludo seco, cuero cabelludo graso, fruta de la pasión, sin perfume, alisador...

"Elige sólo uno".

"¿De verdad?"

"De verdad".

"Estaré en casa dentro de un rato. No olvides que tengo esa fiesta esta noche". Espero. No hay respuesta.

Eso puede significar varias cosas. Una, que le molesta que esté pensando en la fiesta mientras ella está teniendo un ataque de caída del cabello, o dos, que ha pasado algo más, cuestiones relacionadas con el cabello o con los niños en general.

Compré champú, jabón y acondicionador que la señora dijo que eran "buenos para pieles sensibles". Probablemente sea seguro suponer que su piel es sensible si está mudando su propio cabello, ¿no? Cuando llegué a casa, me sorprendí. No por su cabello, que tenía buen aspecto (sólo bueno; le faltaban algunos mechones, pero nada que un peinado rápido no pudiera ocultar). Me sorprendió porque estaba acostada en el suelo de la cocina, riéndose entre dientes, escuchando música a todo volumen... borracha.

"¿Qué mierda pasa, Kray?".

CAPÍTULO VEINTE

Después del supermercado, lloré como una niña pequeña. No, no, no de tristeza. El tipo de lágrimas risueñas que se producen después de besar a tu primer chico. Enterré la cara entre las manos en la habitación 9, riendo. Lloré, me reí y lloré. Fue tan dulce, tan exitoso. No podría haber ido mejor.

Estoy tan orgullosa de mí misma por haber mantenido la compostura. Me ajusté al plan. Quería gritar y saltar a sus brazos. Quería sentir sus manos en mi espalda, su aliento en mi cuello y el calor de sus labios contra los míos. Lo deseaba. No, no, *lo necesitaba*. Pero el plan era perfecto. No puedo detenerme ahora, no puedo ralentizar mi campaña. Ahora ruedan bolas que no se pueden desenrollar.

Miré el frasco de vainilla sobre la mesa, que estaba en la gloria porque lo sostenían las manos de un ángel. Tocada por un dios no hace más de 25 minutos. ¡Un dios! Apenas puedo tocarlo. Podía sentirlo en la etiqueta. Sentir sus feromonas. Cada una de sus fibras estaba tan cerca que podía saborearlo. Su ADN está fresco aquí.

Me atreví a tocarlo. Un hormigueo recorrió mis brazos mientras me acercaba a la botella de vainilla. Lo arrebato, como una niña taimada que roba un rollo de caramelos. Lo froto con el pulgar. Es. Es. Perfección.

Dejé de visitar su casa todas las noches porque ahora lo controlo mejor. Sólo entro cuando es necesario, cuando el plan exige actuar. Como esta noche, que hay que cambiar el cóctel de medicación de Kraya. Se está adaptando a los fármacos y se ha vuelto casi funcional. Como la madre y sus medicamentos.

He creado una mezcla perfecta de estimulantes y sedantes. Oxicodona para dormirla y efedra para levantarla. A veces mezclo un poco de Adderall para ver cómo lo soporta.

Puse más cámaras alrededor de su casa. Puse algunas en el coche de él y otras en el de ella. Puedo oír más con micrófonos avanzados, lo suficiente para saber cuándo alguien sueña ligeramente o se relame los labios. Los observo desde mi teléfono, desde la sala de estar, desde las reuniones de la junta en una tableta, desde la habitación 9. Los observo en todas partes.

Mi triunfo más reciente se produjo cuando le di una dosis especialmente fuerte. Kraya se durmió en menos de 10 minutos, un nuevo récord. Entré por la puerta trasera, como de costumbre. Encontré sus macarrones en una sartén sobre la encimera. Volví a poner la sartén en el fuego y subí la temperatura. También fui a ver cómo estaba en el dormitorio. Dormía profundamente, roncando sobre una gran funda de almohada estampada. Su hijo lloraba, así que lo abracé. Le susurré canciones tranquilizadoras al oído. Pero no se calmó. Lloraba más fuerte, se retorcía y sollozaba. Algún día, pronto, amor, algún día estarás con Vick y conmigo y sabrás que soy tu nueva madre. Cuidaré de ti y te daré todo a ti y a tu padre, todo lo que quieras y todo lo que necesites será tuyo. Le susurro al oído, lo bastante alto como para pasar por encima de sus detestables lamentos: "Tu madre es una puta campesina. Pronto te darás cuenta". Recibí una notificación en mi teléfono de que Vick se trasladaba. Volvía a casa. Venía aquí. Me costó mucha energía marcharme, sabiendo que pronto estaría aquí, en este mismo lugar. Podría volver a encontrarme con él. Abrazarlo aquí. Podríamos hacer el amor en su casa, en su cama. Sería hermoso.

Bajé a "nuestro hijo" y me deslicé escaleras abajo. Me puse los tacones y me escabullí por la puerta corredera. Me metí en el coche y salí, sujetando el teléfono con una mano y el volante con la otra. Esperé y observé. Vi cómo perdía la calma y tiraba la sartén al fregadero. Vi cómo perdía la fe en su mujer. Vi cómo salvaba a su hijo del humo.

Te queda poco tiempo, Kraya.

Ganaré.

CAPÍTULO VEINTIUNO

Kraya estaba acostada en el suelo, comiendo papas fritas. "Yo... yo... sólo tomé un vaso de (hipo) vino. Así que dispárame". Tenía mechones de cabello esparcidos a su alrededor. "Ah, y no te preocupes: está bien. Está arriba". Levantó el monitor de vídeo del bebé, mostrando una imagen de él durmiendo profundamente en su cuna.

Exhalé un suspiro de alivio. "¿Tu cabello? ¿Todavía se...?

"¿Se cae?" Se sacó otro mechón, mirándolo con ojos entrecerrados y vidriosos. "Tengo cita con el médico para mañana".

Arrodillándome, la agarré por los hombros, acercando mi cuerpo al suyo. "Kray, cariño. Siento mucho lo de tu cabello. Pero estás borracha. Nuestro hijo está arriba. ¿Y si ha pasado algo?"

"Sí que ha pasado algo, Vick". Con los brazos cruzados, continuó: "Imbécil. ¿No te acuerdas?" Señaló los montones de cabello que la rodeaban.

Tengo que estar en la torre dentro de unas horas. Esto no puede estar pasando. "Sí, me acuerdo, pero ahora mismo tengo que asegurarme de que alguien cuida de nuestro hijo. Estás borracha..."

Me interrumpió. "Estoy bebida. Y ya te dije que sólo tomé un vaso de vino. No me crees!"

Hay un momento en que debes elegir tus palabras con cuidado. Éste no era uno de esos momentos. "No. No te creo, Kray, ¡estás borracha! Sé que has tenido un mal día y que es una mierda que tu cabello esté raro, pero eres madre. Tienes que asegurarte de que nuestro..."

"No estoy borracha. Borraaaaaaaaaacha...". Intentó ponerse en pie, pero volvió a tirarse. "Sólo estoy bebida. Y él está bien. Lleva un rato durmiendo".

"¿Qué pasará cuando se despierte de la siesta?".

"¡Voy a por él! Es tan lindo, ¿verdad?".

"¿En serio? Ya he terminado con esta conversación. Voy a llamar a Molly. No puedo hacer esto, esta noche no".

Triste. Furioso. Preocupado. ¿Molesto? No sabría decir cuál soy más. Un jodido cúmulo de emociones, supongo. Llamé a Molly, nuestra vecina, que trabaja como niñera por cuenta propia. Tenía diecinueve años, sobrepeso y era responsable. Tenía la noche ocupada, pero no tanto como para rechazar cien pavos. Acomodé a Kraya, di de comer al chiquitín y me puse mi mejor camisa. Era odiosamente conveniente que Kraya estuviera durmiendo. Evitaré muchas preguntas sobre la noche cuando llegue a casa.

Me puse unos pantalones planchados, un cinturón afilado, unos zapatos lustrados, me eché una americana al hombro y esperé. Molly llegaba veinte minutos tarde, lo que me dejaba un margen de tiempo muy corto para llegar a mi hora prevista de recogida a las cinco y media. Sigo furioso con Kray, pero ahora no puedo gastar energía en eso. Hay gente en las altas esferas que quiere hacer negocios esta noche y yo voy a ser uno de ellos, maldita sea.

Me miré en el espejo y me di cuenta de que mi traje tenía muy buen aspecto. No era de millonario, pero parecía un tipo que sabía cómo vestirse. Reloj elegante, zapatos de espejo y una chaqueta que me quedaba perfecta. Miré la hora. Y una mierda. Me despedí, besé al niño y salí corriendo por la puerta.

Me detuve en la torre, entre el puesto de valet y la decorativa entrada principal. Tarde, pero aquí. Cambié la emisora de radio de música navideña a las noticias. No podía ni empezar a adivinar qué música escuchaba.

Pasaron cinco minutos. Luego diez. Finalmente, quince minutos. La llamé. Al primer timbrazo, la vi dirigirse hacia mi coche. Colgué y me olvidé por completo de mi queja por su tardanza. Me olvidé de todo. Estaba impresionante con su vestido. Un elegante vestido rojo que le ceñía el cuerpo más que una envoltura de plástico. Una bufanda de piel blanca rodeaba sus hombros, protegiéndola del aire invernal. Ni demasiado escandaloso, ni demasiado conservador, sino una combinación perfecta de sofisticación y belleza. Ya estamos otra vez.

Me recuerdo a mí mismo que estoy casado mirándome la mano anillada sobre el volante. Tengo un hijo. Estoy felizmente casado. Ya sabes, todas esas cosas que olvidas cuando te sonríe un pedazo de trasero perfecto. Se detuvo ante la puerta del coche, asomándose.

CAPÍTULO VEINTIDÓS

Llevo toda la noche esperando a que llame. Estoy sentada en la habitación 9, con los ojos fijos en mi teléfono móvil silencioso. La habitación huele a goma, sudor y loción de frambuesa. La chaqueta de eBay que le compré me cuelga floja de los hombros, y aprieto con fuerza el frasco de vainilla. Ha sido una noche larga y sin dormir. No sé qué hora es. ¿Ya ha pasado la hora de cenar? ¿Se acerca el desayuno? Dejo el agua sobre el escritorio, junto a 6 botellas de agua vacías.

¿Pondrá a prueba su matrimonio por mí? ¿Está aprendiendo la verdad ahora, sobre sus propios sentimientos? ¿Sobre sí mismo? Sabe que me quiere. Sabe que su corazón arde y desea mi atención.

Mientras espero, me froto el bulto de piel que tengo justo encima de los labios. Suena mi teléfono, vibrando sobre la mesa contra la quietud de la noche. Temo un ataque: mi pulso se dispara más allá de lo saludable. Me doy una bofetada lo bastante fuerte como para volver a la realidad, pero lo bastante suave como para no dañar los años de trabajo que he dedicado a mi piel. Años que he sacrificado por él. Para ser perfecta. Por esta oportunidad.

Me aclaro la garganta y sonrío.

"Profesor. Sabía que llamaría". ¿Era exagerada? ¿Demasiado grosera? Tengo que ser profesional. Mantenerme firme. Ceñirme al plan.

"Oh, espera, ¿esto es Pizza Palace?" dijo Vick.

Qué gracioso. Es muy gracioso. ¿Se le ocurrió eso en el acto? ¡Dios, qué gracioso es! Tardé un segundo en contenerme. Sé sensata, Alexa, sé profesional.

"Has tenido tiempo de revisar mi oferta. Espero que llames para decir que sí".

Hizo una pausa, respirando por el micrófono. Escuché tan intensamente que probablemente podría oír los latidos de su corazón si me concentraba. Me temblaba la mano mientras apretaba el teléfono contra mi cabeza. Presioné cada vez más fuerte, con la esperanza de que si conseguía acercar un poco más el altavoz, estaría mucho más cerca de él, mucho más cerca de sus labios. Pensé en colgar, en llamar al 911.

Mi corazón no puede soportar esta tensión. Me duele el pecho. Habla. ¿Vas a contestar? Me voy a morir. Voy a morir ahora mismo. Mi corazón empezará a parpadear y caeré al suelo. Pasarán días antes de que me encuentren aquí.

"Agradezco tu oferta. Me interesaría más si dijera 60.000 dólares. Si ajustas el contrato, lo reconsideraré".

¿Más dinero? *¿Más dinero?* ¿Ése es el único obstáculo? Lo tengo a él. Te tengo a ti, mi almeja, mi roca, mi pequeño pony. Tú sí que me quieres. Está aprendiendo a jugar. No puede correr hacia mí, tiene que tomárselo con calma y dejar que Kraya baje fácilmente. Qué caballero. Pero, vamos, Vick. ¿Sólo 60.000 dólares? Cariño, tienes que aprender a leer a tu oponente. Trabajaremos juntos en eso, tú y yo. Yo habría aceptado 200.000 dólares. ¿Quizá medio millón? Por ti, cualquier cifra.

Los latidos del tambor rojo nublan mi visión. Cálmate, Alexa. Cálmate. Sigue las reglas. Bebe el agua. Me aclaré la cabeza y hablé. "Eres más rebelde de lo que esperaba, Profesor". Bien. Estupendo. Mantén la calma. Mantén la calma. Diviértete con él, por el amor de Dios.

"Vick, Señorita Livingston. Sólo Vick".

¡Oh, Dios! ¡Oh! ¡Vick! ¡Eres tú de verdad! Estamos haciendo esto de verdad, ¿no? Juega bien y vuelve a jugar... "Sólo Vick". Estoy histérica. Pongo el teléfono en silencio un momento para recuperar el aliento. Pausa, cariño, pausa. Tómate tu tiempo. Pulso el botón de anulación del silencio. "Aceptaré tu oferta de 60.000 dólares y endulzaré la oferta ofreciéndote una suscripción de 5 años al club de golf Orchard Path. Pero esta oferta sólo es válida ahora. ¿Me harás una mujer feliz? ¿O a decepcionarme?"

Demasiado. Le he dado demasiado. Ahora está jugando conmigo. ¿Feliz? ¿Decepcionarme? ¿El palo de golf? Papá me matará por eso. Me da igual. ¡No me importa! Los sauces y la tierra se regocijan juntos, ¡no me importa! Quiero verlo. Quiero tocarlo. Quiero que sea tan feliz que corra hacia mí, suplicándome más, ¡suplicándome con lágrimas en los ojos!

"En cuanto a la decepción o la felicidad, eso es cosa tuya y de tu psiquiatra...". Soltó una hermosa carcajada. "Pero firmaré". ¡Es tan gracioso! ¡Ahhhhh! Su risa es tan genuina y su humor tan rápido.

Qué hombre tan gracioso y divertido. ¡Me encanta su ingenio! ¡Y ha dicho que sí! ¡Sí! Mierda, ¡sí, Vick! ¡Vamos a hacerlo! Pero tiene razón, tengo que llamar a mi psiquiatra alguna vez. Siempre tiene razón.

"¿Sí? ¡Sí! ¡Estupendo! ¡Sí! ¡Estupendo! Las instrucciones están en el paquete. Haré que redacten un nuevo borrador con la nueva cantidad de dinero. ¿Aún puedes llegar a tiempo?" ¡No me lo puedo creer! ¡Está funcionando!

"Mi abogado aún tiene el contrato. ¿Puedes volver a darme los detalles?"

"¡Por supuesto! Tendrás que ir a la Clínica de la Planta Doce de nuestro edificio". Continué contándole lo de la cita. ¿Estoy divagando? No importa. Me quiere. Puedo sentirlo. Al amor verdadero no le importa que balbucees alegremente. Unas cuantas piezas más del rompecabezas y por fin podremos estar juntos.

"Me vas a dar algo que he deseado durante mucho, mucho tiempo, Vick. Gracias. Nos vemos dentro de un rato".

Colgó y yo colgué. Saqué la botella de vainilla con un chasquido y la volví a colocar en su santuario.

"Mucho que hacer. Mucho que hacer!" La canto. No puedo creer que esté cantando.

Recojo de la impresora las últimas fotos photoshopeadas de Vick. La habitación 9 ya está cubierta, de pared a pared, de fotos de Vick. Incluso me había añadido a muchas de las fotos. Besándolo. Abrazándolo. Riéndome con él. No me costó mucho recortar y reemplazar a aquella libertina.

Esta nueva tanda de fotos era diferente. Éstas se editaron cuidando los detalles. Después de 3 clases online y 14 horas en YouTube, aprendí a retocar cualquier imagen a la perfección.

Con la práctica, semanas y semanas de práctica, había aprendido a añadir lunares y pecas. También podía ajustar el color del cabello. Me siento culpable, como si estuviera cambiando la pintura de la Mona Lisa o alterando la Capilla Sixtina.

Sigue con el plan, Alexa. Quédate conmigo.

Cuelgo los nuevos cuadros en mi departamento y beso el cristal de su mejilla.

CAPÍTULO VEINTITRÉS

Mis neumáticos mordisquearon la nieve hasta detenerse en el camino de entrada circular. Le abrí la puerta del coche cuando llegamos. Me tomó de la mano para estabilizarse en el camino helado. Un apretón tan suave. Delicado y sudoroso. Asqueroso, pero tolerable teniendo en cuenta el resto del cuerpo al que está unida. Quedaban charcos de tela roja a lo largo de su cuerpo. Concéntrate, tonto. Estoy aquí por negocios.

"No **sabía** que tú también eras un caballero, Vick. Deberíamos hacer esto más seguido -dijo y guiñó un ojo con una sonrisa jovial.

Mujer, por favor. ¿Estás coqueteando conmigo? ¿O estás bromeando porque sólo estamos aquí porque necesitas algo de mí? ¿Así eres con todo el mundo?

Como quieras. Voy a seguir a lo mío: conocer, saludar y charlar. Con un poco de suerte, conseguiré algunos buenos contactos. Mi "cita" no está nada mal, pero sólo es un caramelo para la vista y el bolsillo.

El camino de entrada era de ladrillo, rodeado de arbustos cubiertos de nieve, ladrillo rojo de verdad, no esos falsos de cemento estampado. La casa de Preston es enorme. Una casa que te hace preguntarte a cuánto debe ascender el pago de su hipoteca. ¿Diez mil? ¿Ocho mil? ¿Veinte? La línea del tejado también es increíble. Ventanas y aleros salientes en todas las superficies. El tejado cubierto de nieve debía de costar una fortuna.

Unos cuantos ogros estaban de pie junto a la entrada de la mansión. Llevaban orejeras, parkas y armas a la vista en la cintura. Intuí que no eran los cocineros.

Alexa y sus tacones altos sorteaban los ladrillos con una inestabilidad que se resolvía agarrándome de la mano. Era la mayor atención que había recibido en más tiempo del que puedo recordar.

Me sentí un poco sucio, como si estuviera haciendo trampas. ¿Se había divorciado alguien alguna vez por tomar la mano de otra mujer? Lo dudo. Pero ésa es una medida de mierda de lo que está bien y lo que está mal. De todos modos, no importaba. Soltó su agarre cuando llegamos a tierra llana. No había nada que hacer. No hacía falta analizarlo demasiado.

Alexa mostró a los fornidos guardias de seguridad su invitación, una cosa con aspecto de billete dorado de una fábrica de chocolate. Se levantó las gafas de sol para inspeccionarla. Las arrugas de su frente me dijeron que había visto mucho. Esas arrugas no se hacen tomando cafés con leche junto al refrigerador de agua; ha estado en sitios y ha recibido algunos golpes. Me apartaré de su camino.

El interior de la casa no era nada de lo que había imaginado. Tenía imágenes de vigas de acero contemporáneas y vastas barandillas de cristal, una casa tan moderna que parecía peligrosa. Pero no era nada de eso. A Nick Preston le gustaban los bosques del norte. La vida de cabaña. Y no le importaba pagar por ello.

Los techos abovedados se extendían por tres de los cuatro pisos. Todo era de madera: pino nudoso y brillante como el que verías en una casa de lago. Pero está bien hecha, no como la cabaña que visitaste cuando tenías siete años. Este lugar tiene todas las características de una mansión, mezcladas con la comodidad de un refugio en el bosque. En la entrada había lujosas mesas de mármol para los regalos y un mayordomo para llevarte el abrigo. Mierda. Ni siquiera había pensado en un regalo. La próxima vez. ¿La próxima vez? ¡Ja! Eso me gusta.

El mayordomo, un caballero bronceado de unos sesenta años llamado Dirk, le quitó a Alex la piel blanca de los hombros. Ella le dio las gracias con la boca.

"¿Qué te parece, Vick?".

"Es bonito. Siempre he querido venir a la fiesta de Navidad de Preston". Entramos en el salón principal. Habíamos pasado una gran escalera y otra serie de salones laterales, todos adornados con vestidos de cóctel, esmóquines y ricos pinchazos.

"Me alegro de que haya podido venir con tan poca antelación, Profesor". Se llevó una mano cuidada a los labios. "Uy, profesor no. Vick". Se dibujó una sonrisa cortés. "Es una buena oportunidad para que conozcas a más gente del sector. Me gusta ayudarte, Vick".

Pasaron unas cuantas mujeres, bebiendo ponche de huevo y chismorreando. Sabes que te estás mezclando con un público excéntrico cuando oyes las palabras niñera y casimir en la misma frase.

"Gracias. Agradezco la invitación. Es una oportunidad increíble". Me doy cuenta de que la música navideña no suena en el equipo de música. Una mujer esquelética, en una habitación contigua, está tocando el piano mientras un grupo de hombres de negocios borrachos, amontonados alegremente alrededor de su piano, cantan "Jingle Bells".

"No puedo superarlo. No sé si alguna vez lo haré. Es increíble. Eres idéntico a mi Francis. Si no te conociera, pensaría que eres él". Ladeó la cabeza, mirándome como si fuera un filete en T. "Me siento bien al volver a estar con él y tenerlo como acompañante en una fiesta. Eres increíble, Vick. Gracias por ayudarme".

"¿Champán?", interrumpió una camarera hispana.

Menos mal que apareció. No quería que Alex se deslizara hacia otra sesión de llanto. Tengo por costumbre no hacer llorar a mis citas hasta por lo menos la tercera. Y me vendría muy bien la bebida. "Sí, por favor, tomaré una". Pero no es una cita, hombre, recuerda, esto son negocios.

Me pasó una copa de champán con costra de servilleta, burbujeante de dorado coraje. Le di un sorbo y miré a Alex. Había establecido contacto visual con un caballero corpulento vestido con un traje mal ajustado. Se separó de la multitud y se acercó con un gesto amable. "¡Alexa Livingston! ¡Madre mía! ¡Cuánto tiempo! ¿Cómo está tu padre?" Un tipo incómodo. Su chaqueta tenía salsa de cóctel por la cara y su peinado era un desastre. Tenía una sonrisa jovial de mejillas sonrosadas y una risa profunda que le complementaba bien.

Ella lo abrazó. "¡Padre es bueno! Muchas gracias. ¿Marie? Dime que ya está bien". Sorbió de su copa de champán.

"¡Vaya, qué buena memoria!" Se giró hacia mí, dándome un codazo "¡Mejor no hagas nada malo, se acordará siempre!".

¿Cree que estamos juntos? ¿También lo piensan los demás?

"Marie está bien. Nada que los médicos no pudieran arreglar. Salió hace unas seis semanas. No puedes detenerla. Ya está de vuelta en Italia haciendo lo que mejor sabe hacer".

Los dos se rieron. Odio estas situaciones. Yo también quiero reírme, pero no tengo ni idea de lo que están hablando. Alex me tocó el hombro.

"Lo siento, no te he presentado. Víctor, éste es Lawrence. Lawrence Carmichael".

Estiró un juego completo de dedos salchicheros en mi dirección.

"Encantado de conocerte, Lawrence". Pasé el champán de la mano derecha a la izquierda y le estreché la mano. Sus manos no son fuertes, pero tampoco débiles. Me di cuenta de que había estrechado muchas manos a lo largo de los años. Una sonrisa acompañó el apretón de manos con educado vigor.

Ahuecó su otra mano sobre la mía, acercándose a mí con estilo personal. "Encantado de conocerte, Víctor. No dejes que ésta te meta en demasiados problemas". Se volvió y le guiñó un ojo a Alexa.

Ella le dio un codazo en el brazo. "Es él quien te meterá en líos". Los dos se rieron y Dedos de Salchicha soltó su agarre.

Me pregunto si eso es un tópico. ¿Se conocen bien? ¿Disfrutan realmente el uno del otro? He oído alguna variación de esta conversación exacta miles de veces en compañía educada. Es un baile. Un baile que se desarrolla en una serie de pasos entrenados. Siempre los mismos, con diferentes parejas de baile. Siempre bromas alegres y de buen humor que terminan con una ocurrencia. Tan poco auténtico como parece, pero todos continúan.

"Me alegro de verte, Lawrence. Lo siento, pero tengo que presentar a Víctor a otras personas". Intercambiaron unos cuantos "me alegro de verte" más y Alex se lo llevó. "Vick..." Señaló. "Ahí está. Nick Preston". Un hombre mayor y en forma, con el pelo rubio barrido por el viento y la corbata desatada, estaba de pie junto a la barra. Supongo que la coqueta veinteañera con las tetas operadas y el vestido corto es su mujer. "Te la presento".

CAPÍTULO VEINTICUATRO

¿Me está vigilando? ¿También tiene cámaras en mi piso? ¿Me observa mientras le observo, preguntándose cuándo llegará el día en que por fin se revele? Algún día lo averiguaré. Pero hoy necesito concentrarme. Tengo que concentrarme. Ceñirme al plan.

Le doy drogas más fuertes. Más altos y más bajos. Se ha convertido en un espectáculo divertido de ver. La bella y el campesino. Debería ponerle la marca: un dibujo animado sobre un hombre hermoso que se casa con una campesina demente y zorra que se coló delante de mis narices para casarse con él. Puta. ¡Puta!

Ya está aquí. Veo su coche en las cámaras de seguridad del estacionamiento. Se comporta con tanta dignidad. ¿Hay algo que no sepa hacer bien?

Me estoy poniendo nerviosa. ¿Mi vestido es demasiado corto? ¿Demasiado largo? ¿Soy lo bastante guapa para captar su atención aunque sólo sea un momento? ¿Me he esforzado lo suficiente? De acuerdo, de acuerdo, más despacio.

Repasemos esto. ¿Has hecho ejercicio hoy? Sí. ¿Usaste loción tres veces por hora? Sí. Incluso he comprado un frasco de cuatro mil dólares de Mag' Metera, una loción francesa. Todas las chicas del club de tenis hablan maravillas de ella. ¿Maquillaje? Sí. ¿Pero es el tono adecuado? ¿Tengo los labios demasiado brillantes? ¿Demasiado rosados?

Me suena el teléfono. Es papá. "¿Dónde estamos en la finca Nurbaker?".

Demasiado estrés. ¿Estás bromeando? Vick está entrando en el edificio ahora mismo. ¡Papá, ahora no! ¿Está bien mi maquillaje? "¡Mierda!" Mi grito resuena en el departamento vacío. Golpeo con el puño la mesa, derribando envases de brillo de labios, delineador de ojos y perfume. Un estuche de pintalabios rueda desde la mesa de maquillaje hasta el suelo.

Sigue con el plan. Confía en mí. Confía en el plan. Asiento para mis adentros. "Sí, puedo hacerlo". Me levanto y voy a la puerta principal, la abro, salgo y pulso el botón de llamada del elevador.

Mi elevador llega inmediatamente. Estoy inquieta. ¿Estoy preparada? ¿Mis tacones tienen la altura adecuada? ¿Labios? ¿La piel? ¿Está listo el contrato? "Para. ¡*Para!*" Mi voz resuena en el pequeño elevador. Los números descienden en la pequeña pantalla. Planta 15. Luego la 12. Pronto el 5 y luego un ding. Mi corazón, oh mi pobre corazón. ¿Puede soportar este estrés?

Tengo que darme prisa. Mientras serpenteo por el edificio, puedo oírlo. La voz de un dios, agraciándonos con su presencia en mi propio edificio. Doblo la esquina hacia el vestíbulo.

"Tengo una cita con...".

Su aspecto es... ¡guau! Tan guapo y genuino, realmente un espectáculo para la vista. Estaba hablando con la recepcionista. Será mejor que no coquetee. Será mejor que no coquetees, zorra, te lo juro. Te juro que te despediré antes de lo que tardas en decir Livingston.

"A mí".

Encontré mi confianza. Aquí estoy, Vick. He trabajado duro para esto. Sé por qué estás aquí. Hoy lo controlo todo, Vick. Te traigo aquí para que por fin te des cuenta de a quién amas. A mí. A mí. A mí. Te conozco, Vick. Te conozco...

Los recepcionistas no me miraron. Bien. Los campesinos tampoco deberían mirarle. Debo retirarme a mis aposentos con Vick. Ah, eso suena muy bien.

"Vamos, Vick". Le hice un gesto para que me siguiera. No puedo creer que mi Vick me esté siguiendo. Está tan cerca que puedo sentirlo. ¿A medio metro? Es increíble. Surrealista. ¿Me está mirando el cabello? Creo que me alisé la parte de atrás. ¿Verdad? ¿Me lo alisé? Mierda, mierda, mierda, es un nido de ratas, lo sé. Es terrible. Está ahí detrás pensando en lo espantoso que es mi cabello.

Para. ¡Para! Está aquí por ti, Alex. Para verte. Conoce el plan. Está en el plan. Tranquilízate. Está aquí para hacer que ocurran cosas hermosas. Se me caen los hombros. Tengo razón, tengo que relajarme; él está aquí por mí. Me giro y sonrío a Vick. Él me devuelve la sonrisa.

Pulso el botón de llamada al elevador. Se levanta con la confianza de un boxeador profesional. Puedo olerlo. No su colonia, su piel. Ese olor natural que desprende. ¡Vick! ¡Ya estamos aquí! ¡Profesemos nuestro amor y acabemos con este tonto juego! No. ¡No! El plan es el único camino. El camino que ambos debemos tomar para asegurarnos de que nuestra relación sea natural y larga y real y hermosa. Nuestra relación será más fuerte que nunca. Toma el agua, Vick.

Pulso el código del ascensor, 1130. La hora en que nació. Actúa como si no hubiera visto el código, pero sí lo vio y sabe exactamente cuál es. Esto se está volviendo divertido, los obstáculos que debemos superar para estar juntos. El camino que debemos recorrer.

"Primero tendremos que pasar por mi departamento. Mis abogados han redactado una nueva copia y deberían tenerla terminada y esperando". Me oigo hablar de nuevo como si estuviera en piloto automático. Gracias a Dios por el plan. Lo he recitado doscientas veces ante el espejo. La práctica hace al maestro.

CAPÍTULO VEINTICINCO

"Es un placer conocerlo, Vincent". Nick Preston se metió un puñado de nueces de la India en la boca y me estrechó la mano.

"Victor. No Vincent". Le apreté la mano.

"Ah, lo siento". Sacudió la cabeza, golpeándose la frente con la palma abierta. "Víctor. Encantado de conocerte. La señorita Livingston me ha dicho que eres todo un inversionista inmobiliario comercial".

"Residencial. No estoy seguro de que yo pueda calificarme de...".

Alexa me dio un manotazo juguetón en la barriga. "Deja de ser modesto, Vick", dijo e invadió mi espacio. También el de Nick. Se inclinó entre nosotros y nos tocó los hombros: "Tiene muchas propiedades en la ciudad. Hemos recurrido a su experiencia muchas veces. ¿Verdad, Vick?".

Sus ojos se clavaron en mí como diciendo *no la cagues, mocoso*. Livingston Properties nunca me había pedido nada. Excepto, claro, que dejara a mis hijos en un vaso Dixie. Quiere que mienta y gane credibilidad ante Nick Preston deslizándole una falsedad blanca.

En la vida, cuando a alguien se le presenta una oportunidad segura de salir adelante, pero requiere un poco de deshonestidad, me apoyo en una regla sencilla: Retuerce la verdad y halaga. Siempre juntos, sepáralos cuando te descubran.

"Sí, hemos hecho algún intento, pero nada comparado con sus éxitos, Sr. Preston". Tomo un puñado de nueces de la India, me las meto en la boca y bebo el resto del champán cuando termino de masticar.

"Bien, bien. Tengo algunos amigos en el mismo negocio. Haré que se pongan en contacto". Sonrió y asintió con aprobación. "Siempre hay oportunidades, nunca hay suficiente gente buena que ayude a aprovecharlas". Su mujer (¿o novia?) le pasó la mano por el cuello y le besó la mejilla. "Ah, Bell. Justo a tiempo para conocer a Victor y Alexa Livingston". Bell: bonito nombre, pero ¿es un apodo o su verdadero nombre? Errr, ¿nombre de stripper? ¿Era una bailarina a la que había desplumado y preparado para la alta sociedad?

"Hola, Víctor. Encantada de conocerte". Fingió una reverencia. "Tienes un hombre muy guapo, Alexa".

Sin duda una stripper. O una universitaria con grandes piernas.

"¿Puedes revisar el agua del jacuzzi, Bell?". Ella se fue y yo la miré. Un trasero mágico. De hecho, la mayoría de las mujeres de por allí eran bastante decentes. Alexa y "Bell" eran (con diferencia) las más destacadas, pero había algunos pedazos de trasero estupendos deambulando por allí. Aparte, claro está, de las viejas pumas ricas que se cebaban con los camareros y los sobrinos de los barones. Tomé otra copa muy necesaria de lo alto de la pirámide de champán.

Nick bajó la voz. "Disculpa a mi mujer. Es joven. Una chica estupenda, pero no tiene mucho filtro". Le di un sorbo a mi champán y luego un trago. Hizo algunos comentarios más en voz baja sobre ella. Algo sobre un acuerdo prenupcial y sus nuevos caballos. Estoy mucho más preocupado por mi necesidad de alcohol que por sus problemas con la Señora Sunshine.

"Pero es guapo. Tiene razón". Alexa me pellizcó la mejilla como si tuviera cuatro años. A veces me siento como una herramienta. Un espejo de un marido que conoció, importante sólo por mi ADN. Otras veces pienso -*que se vaya a la mierda*- mientras ella siga haciendo llover.

Un dúo risueño de oligarcas intervino de la nada. "Me resulta familiar, ¿verdad?", dijo el bigotudo con una sonrisa.

"¿Tal vez el primo Nathaniel?", preguntó el más delgado.

"No, no. Otra persona". Mustaquio me miró, intentando adivinar el parecido.

Alexa se tapó la boca con la palma abierta. Se excusó y se alejó rápidamente, desapareciendo entre la multitud.

"¿Es algo que dijimos?"

CAPÍTULO VEINTISÉIS

"Ah, sí. No hay problema -dijo Vick y miró su reflejo en las paredes espejadas del elevador-.

Quiere venir a mi departamento. Espera que lo invites a pasar. Buen chico, Vick.

"Bien. Gracias". Hago una pausa y me bajo la falda. *Deja de moverte*. "Bonito día ahí fuera". No es un buen día. Hace frío. Hace mucho frío. ¿En qué piensas?

"Podría ser mejor, podría ser peor".

Ahora mismo le pagaría un millón de dólares por echar un vistazo a su mente. Para sacarle los pensamientos de la cabeza e imprimirlos en un cartel.

"Un largo viaje hasta la oficina, ¿eh?", dijo y se rió. "Tu departamento está un piso más arriba, eso es una locura".

"Está bastante bien. Pero puede parecer un poco aislado. Puedo pasar semanas, a veces meses, dentro de esta torre. Es fácil olvidarse del mundo exterior".

Es solitario. Solitario sin ti, Vick. Te quiero aquí, conmigo, en mi departamento para siempre: te encantará estar aquí. Pronto vivirás conmigo y serás feliz aquí. Por favor, toma el agua.

Salimos del elevador y caminamos hasta la puerta de mi casa. Vuelvo a introducir la hora de su nacimiento, un sutil recordatorio de que lo sé todo sobre él.

Entra, abrazando las vistas de su futuro hogar. Mira la puerta cerrada de la habitación 9 y la observa un momento. ¿Conoce esta habitación? ¿Sabe que le dedico este santuario? Seguramente lo sabe si me está observando. Si no, se lo diré en nuestra luna de miel. Será mi regalo de boda para él, mi colección de su colección. Su vida en vídeos, ropa, olores y caricias.

Abro la boca para decir: "*Quítate los pantalones, cariño. Quiero sentirte dentro de mí. Quiero tu cuerpo en el mío. Tus manos en las mías. Mías. Tú eres mío. Quiero que te sientas bien aquí. Conmigo.* Pero no lo digo. Tengo que seguir el plan: ya lo has ensayado. Habla con confianza. Habla con intención.

"¡Esto es! Acogedor, pero me encanta".

Continuamos la visita, recorriendo algunas habitaciones y entrando en mi despacho. Estoy orgullosa de mis habilidades con el photoshop. Lo sorprendí mirando las fotos de su alter ego en las paredes. Sonrió satisfecho ante algunas de las fotos.

"Mierda, aún no ha llegado". Abro un correo electrónico a Gordon, pero antes miro por encima del hombro. Él no puede ver la pantalla, así que escribo: *"Gordon, por favor, envíame el contrato ahora. Estoy lista"*. Le había dicho antes que no me lo enviara hasta que yo le enviara un correo electrónico. Hizo exactamente lo que le dije. Buen Gordon. Buen chico.

"Les pago lo suficiente, uno pensaría que podrían enviar las cosas a tiempo". ¿Se da cuenta de que no estoy realmente molesta? Esto era difícil cuando lo ensayaba, fingiendo locura en mi clase de interpretación en el dormitorio. "Lo siento, serán unos minutos más. ¿Puedo enseñarte la casa mientras esperamos?". Lo observé. ¿Le temblaba el ojo? ¿Se encuentra bien? ¿Quiere ver el resto del lugar? ¿Puedo enseñarte la habitación 9, por favor?

Se encogió de hombros y empezamos la visita. Toma el agua.

Empezamos por la cocina. Aquí está, paso 148. "Vick..." Abro el refrigerador. La cuarta botella de agua de la izquierda es suya; preparada especialmente para él a altas horas de la noche. La práctica de introducir pequeñas cantidades de éxtasis en el organismo de alguien sin que lo sepa se denomina microdosificación. Aumenta la actividad de sus centros de placer y les hace más felices. Si dosificas a alguien cada vez que lo ves, empieza a asociarte con el placer. El sexo. Amor. Paz. Todo lo que siento cuando le veo. Pavlov estaría orgulloso de mí.

"*¿Quieres un agua?*" Eso es. *Tómatela. Tómala.* ¡Toma el agua!

"Claro".

Le doy la botella. Las yemas de sus dedos agarran los lados mientras su otra mano retuerce la parte superior. La levanta. Más alto. Más alto. Cuando la botella de agua toca sus labios, sus ojos se transfieren a los míos, observándome mientras bebe el frío líquido. Parpadea y bebe, y sus endorfinas empiezan a agitarse y a bailar. Su ritmo cardíaco aumenta y sus ojos se dilatan. Nada de lo cual es perceptible si la dosis es correcta. Se siente más tranquilo, más fresco y más sexy.

Necesito matar el tiempo, pero sólo unos minutos para que esto haga efecto por completo. Pongo la mano sobre la encimera y le doy alguna charla sobre el granito. Observo sus ojos. ¿Están más brillantes? ¿Su sonrisa es más fuerte? ¿Me guiñó un ojo? No. No puede ser. Vuelve a sorber el agua.

Recorremos algunas habitaciones más. ¿Comprende que soy limpia, a diferencia de su mujer, esa puta desordenadora? La veo rebuscar en los cajones y dejar la vajilla desparramada. Es un animal. Sucia y descuidada. Me excuso por el desorden, sabiendo perfectamente que mi piso está impoluto comparado con la chatarrería en la que le hace vivir su mujer.

Señala las cámaras. "¿Qué pasa con el ojo en el cielo?". Lo sabe. Tiene que saberlo. ¿Es una broma? ¿Me está provocando? Buena jugada, Vick. Dios, ¡te amo! Juega, Alex, juega.

"A mi marido y a mí nos gustaba viajar. Los hicimos instalar para que vigilaran a los perros mientras estábamos fuera". Se encogió de hombros. No sé lo que está pensando.

Lo atraigo hacia el dormitorio. La última parada de nuestro viaje. Pero hoy no, Vick. Hoy no haremos el amor aquí. En otra ocasión haremos el amor en esta cama, aquí mismo, pero hoy no. A menos, claro, que tú quieras. ¿Quieres? ¿Puedo llevarte? ¿Ahora? ¿Aquí? ¿En esta cama, entre las sábanas, con nuestros cuerpos entrelazados por el calor y el sudor?

Estoy mareada. Vick, mi profesor del amor, está aquí, en mi habitación, mirándome, tan cerca que podría tocar mi cama. Mi corazón late más deprisa. Siento un ligero brillo de transpiración a lo largo de mi frente, entre las piernas y en el pecho. Estoy sudando, demonios, estoy sudando. ¡Qué asco! Tienes que calmarte. Este es el momento que deseabas.

Tranquilízate. Deja de moverte. Deja de moverte. ¿Tienes el cabello hecho un desastre? ¿Vestido demasiado corto? ¿Los labios del color adecuado? ¿Lo estoy perdiendo? Lo estoy perdiendo. El mundo se está oscureciendo. Me voy a desmayar. Mierda, mierda, mierda, me voy a desmayar. ¡Esto es vergonzoso! Para. ¡Para! ¡Para!

Mi teléfono suena. Es Gordon. Dice: "El contrato está listo. Ver adjunto. Atentamente, Gordon McKay, ESQ, Abogado, Livingston Property, Inc.".

Me sobresalto justo antes de que se apaguen las luces. Siento menos peso en las rodillas. "Ah, el contrato está aquí". Creo que voy a estar bien... por ahora, al menos.

CAPÍTULO VEINTISIETE

Alcancé a Alex en una de las salas de billar. Esta sala, otro espacio anormalmente alto y de construcción ridícula, estaba salpicada de cabezas de oso y alce procedentes de cacerías. Estaba desierta, a excepción de unas cuantas duquesas arrugadas y borrachas sentadas en el jacuzzi.

"¿Estás bien?" Estaba bebiendo. No era champán, sino algo más fuerte y oscuro. Olía a whisky y al cloro de la piscina.

"Sí, siento haberte dejado ahí fuera". Volvió a sorber y se terminó el vaso. Dejó escapar uno de esos sonidos de "wow" al final del largo sorbo, abreviatura de "¡Demonios, qué fuerte!".

"No, no pasa nada. Parecía que necesitabas un momento". Cuando las palabras salieron de mis labios, ella lloró. Un llanto silencioso, con la boca abierta, que duró demasiado. Me abrazó. Con fuerza. Si hubiera sabido que iba a derrumbarse, le habría dado otros diez minutos. Levanté los brazos, pensé un momento y luego me entregué al abrazo. *Mierda*.

Éste puede ser el mejor momento para preguntarle por qué, ¿por qué estoy aquí esta noche? ¿Qué es lo que quiere? Si hay algo que pueda darle, ahora es el momento. Cualquier cosa que la ayude a detener este horrible chorro de humedad que se desliza por la parte delantera de mi camisa.

"Alex..." La abracé. "Dilo. ¿Qué puedo hacer por ti?" Despegó la cara de mi pecho con un resoplido.

"Sí, hay algo, Vick". Se manoseó las tiras de rímel corrido. "No ha funcionado". Más lágrimas. "No estoy embarazada...". Me abrazó más fuerte.

Bien. Piénsalo, amigo. ¿Y ahora qué? Elige tus palabras con cuidado. Sabías que no estabas aquí porque le gustaras; necesita más jugo de ti y ahora es el momento de dárselo, pero a un precio muy alto. Negociar con una mujer frágil puede parecer duro, pero tengo facturas que pagar. "¿Necesitas otra muestra?"

Levantó la cabeza, aún aferrada a mí. "Sí... pero tiene que ser diferente". Sacudió la cabeza. "No puedo creer que te esté preguntando esto. Me da mucha vergüenza".

"No, no. Adelante. ¡No te avergüenzas! Soy el tipo que tuvo que masturbarse en una taza, ¿recuerdas?". Demasiado lejos. Mierda. ¿Era demasiado patán para ella? Sonrió. Tal vez era la dosis justa de humor obrero que necesitaba.

Suelta una rápida carcajada y asiente con la cabeza. "Sí, lo necesito otra vez. Dos muestras esta vez, con veinticuatro horas de diferencia...".

"Tranquila. Puedo hacerlo". Deja de llorar. Por favor, ¡deja de llorar! Ah, y también necesitaré dinero, señora. Podemos hablar de eso cuando vuelvas a maquillarte.

Vuelve a sonreír, pero no del todo. Me doy cuenta de que está conteniendo algo. "El resto... es...", tartamudea, "complicado".

"¿Cómo que es complicado?"

"Tenemos que estar en la misma habitación. Necesito un..." Hizo comillas al aire y cambió la voz para sonar como un hombre. "...espécimen más fresco. Inmediatamente después de la eyaculación hay que introducirlo".

Inmediatamente después de la eyaculación, hay que introducirlo. Hice una pausa y pensé en esa frase. Nunca había oído una frase tan personal, clínica, sexy y perturbadora.

"Entonces, ¿tengo que pasártelo directamente?".

"Básicamente, sí. A un médico, que te lo inyectará". Se hurgó en las uñas. Es toda nervios y nerviosismo. "Dicen que mi cuerpo rechaza todo lo que no sea fresco. No están seguros de por qué, pero me dicen que es la única forma de que pueda concebir". Miró a su alrededor, asegurándose de que nadie oyera nuestra conversación. Los pumas seguían tomando el sol en el rincón más alejado de la habitación, bebiendo martinis y cuchicheando entre ellos en el jacuzzi.

Los dos jugamos a las cartas. A los dos nos quedaban algunas. Puse mi rey sobre la mesa. "No quiero ser insensible. Pero necesitaré más dinero. La última vez fue una decisión increíblemente difícil. Y cada vez es más personal y mucho más difícil".

Puso una mano tierna sobre la mía, complacida por mi respuesta. La primera sonrisa de verdad que había visto desde que aparecí esta noche. "No me preocupa el dinero, Vick. Quiero un hijo. ¿Eso significa que lo harás?".

"Claro que lo haré. Pero esta vez necesito uno con cincuenta. Doble trabajo, doble paga". ¿Estoy negociando ahora mismo? Estoy tan orgulloso de mí mismo que podría bailar una giga irlandesa.

"Hecho. Mandaré un mensaje al equipo jurídico para que lo envíen ahora mismo". Sacó el teléfono y empezó a picotear la pantalla.

Ciento cincuenta mil dólares es mucho dinero, quizá suficiente para comprar otra propiedad. Con otra propiedad pagada, sólo me faltan unos años para jubilarme anticipadamente.

Me abrazó. Se secó las lágrimas y se rió: "¡Estoy tan emocionada! Gracias!" y volvió a abrazarme. Las líneas de maquillaje estaban secas en sus mejillas. Volvía a tener un aspecto medio decente, de vuelta a la normalidad excepto por la cara de india pintada, lo cual, podría ser sexy si te gustan esas cosas. Su teléfono sonó. Lo revisó y dijo: "Está listo. Estarán aquí en diez minutos".

"¿Diez minutos?" Doy un trago a mi champán y me lo termino. "¿Estaban esperando en la carretera? Tardan al menos treinta minutos desde la ciudad".

"No van en coche, Vick". Una sonrisa traviesa. "Tengo una sorpresa para ti".

CAPÍTULO VEINTIOCHO

Las hélices del helicóptero eran ruidosas, mucho más de lo que yo recordaba. Hacía mucho tiempo que no estaba tan cerca de un helicóptero que aterrizaba. El viento levantaba hielo y piedras. Me picaban en los brazos y la cara. Alexa estaba de espaldas al helicóptero, hablando por teléfono. Era inmune a lo impresionante que era.

Aterrizó suavemente en el suelo cubierto de nieve. Uno de sus abogados con barriga cervecera se encorvó bajo las hélices, saliendo al helado helipuerto. Llevaba un maletín en la mano y se lo pasó a Alex con un gesto de la mano. Era demasiado ruidoso para hablar, así que ella hizo un gesto con el pulgar hacia arriba para dar las gracias, o decir que ya estaba bien, o lo que fuera.

Se agachó, caminando por debajo de las hélices, y se acercó a la cabina. Se puso unos auriculares, se sentó y me saludó. Espera. ¿Qué? Me señalé a mí mismo y luego al helicóptero. Ella asintió. El viento del motor es furioso, más fuerte que el estruendo de un tren. Hacía años que no me subía a un pájaro. Desde la mili.

Me incliné, deslizándome bajo las hélices giratorias y embarqué. Me pasó un par de auriculares y me los puse.

"¡Vamos a celebrarlo, Vick!" Su voz sonaba mecánica a través de los auriculares. ¿Celebrarlo? Tengo una niñera en casa. No debería ir a ninguna parte. Pero bueno, a la mierda. Le daré el doble de su tarifa normal de niñera. ¿Cómo voy a dejar pasar un paseo?

"¿Adónde vamos?" Cerré la puerta con un ruido sordo que pude sentir pero no oír.

"Ya lo verás". Llamó la atención del piloto y señaló hacia arriba.

Era una sensación que había olvidado. El vértigo y la gravedad de elevarse verticalmente desde la Tierra. El helicóptero era más nuevo que cualquier otro en el que hubiera estado. Tenía asientos acolchados de cuero y paredes con paneles de madera en la parte trasera. Incluso había una televisión de pantalla plana en la pared. Desde luego, no era un interior espacioso, pero parecía lujoso, a diferencia del interior con paneles de acero rayado de los pájaros de guerra en los que viajé sobre el desierto.

Permanecimos un rato en el aire. Ella me observó todo el tiempo. No de vez en cuando, no-no, me observó durante todo el viaje. Pero no le presté demasiada atención. Atrapé su mirada cuando dejé de observar el paisaje. La ciudad era preciosa. Un paraíso invernal de edificios iluminados y luces navideñas de callejón sin salida. Me encanta esta época del año. Cambiaría las playas y los mai tais por las ventiscas y los trineos cualquier día.

Aterrizamos suavemente en el aeropuerto, en una pista recién arada. Felicitaciones a los pilotos por un descenso constante y un aterrizaje perfecto. Me pregunto cuánto pagarán los Livingston por un helicóptero de reserva.

No reconozco este lado del aeropuerto. Aterrizamos en el extremo más alejado de la pista, cerca de unos hangares que parecían sin utilizar. Por lo que he visto, las compañías aéreas suelen congregarse, formando estrechos hormigueros de actividad. Esto no era así.

Otros dos helicópteros estaban estacionados sobre grandes letras H junto a los hangares. Luces azules brillaban en las rendijas de las enormes puertas de los hangares. Nos bajamos e inmediatamente el helicóptero se elevó y desapareció en el cielo. Me encogí de hombros, confuso, señalando el helicóptero que se alejaba. ¿Adónde demonios va?

"Vamos. Ya volverán", gritó Alex y me agarró de la mano. Se había arreglado el maquillaje justo antes de aterrizar, así que volvía a estar intimidantemente arreglada.

Entramos por una puerta lateral del hangar número treinta y cuatro. Un tipo negro estaba sentado detrás de un escritorio y apenas levantó la cabeza cuando entramos. Alex se detuvo frente a él, apoyando las manos en el escritorio.

"Pulpo".

Levantó la cabeza de su libro, estableció contacto visual, se metió dos dedos en la boca y silbó como un gordo en un partido de las Ligas Menores. Un tipo blanco con sombrero negro asomó la cabeza por la esquina. "Nombre".

"Alexa y Victor Miller".

El tipo consultó su lista. Un portapapeles delgado y maltrecho sostenía unas cuantas páginas que se iban pasando. "Sí, sí. Bienvenidos, señor y señora Miller. Estos chicos los acompañarán al VIP". Nos selló las muñecas con un pulpo rojo.

Ahora eran más. Cuatro tipos aparecieron de una habitación lateral. Todos llevaban uniformes negros, chalecos antibalas y pantalones de carga tácticos. Estos tipos eran de seguridad, de seguridad pesada, por lo que parecía. Tampoco se andaban con rociadores de pimienta y palabras amables, llevaban rifles.

Les seguimos. Mejor dicho, seguimos a dos de ellos mientras dos nos seguían a nosotros. Estábamos rodeados de un manto de seguridad. Sienta bien ser especial. Una puerta conducía a dos, luego a un pasillo. Oí música. Una especie de ritmo salvaje. Sólo el bajo, como esa terrible música de baile que oigo tocar a los niños vecinos.

Umph, umph.

Se hizo más fuerte a medida que avanzábamos por el siguiente pasillo.

Thump, thump.

En todas las paredes había calcomanías de varios grupos de música. Las luces eran más tenues ahora. Y de distintos colores. Rojas. Luego azules. Uno de los guardias apartó del camino a unos cuantos chicos drogados de cabello verde mientras nos acercábamos.

Bump, bump, bump.

Abrieron una puerta al final del pasillo.

¡Bum! ¡Bum! ¡Bum!

Sentía la música a todo volumen en el pecho. La última puerta se abrió, dejando al descubierto todo el hangar, decorado con luces moradas y luces LED estroboscópicas. Cientos de personas bailaban y saltaban al ritmo de la música. Apesta a lejía, perfume y humo de cigarrillo.

¡Boom! ¡Bum! ¡Bum!

La multitud es joven. La mayoría veinteañeros y algunos treintañeros. Bailaba todo tipo de gente. Asiáticos, negros, blancos, rojos. Cabello morado, verde y amarillo. Pintados. Borrachos. Colocados o simplemente excitados, todos bailaban y saltaban como si nunca hubieran oído música.

Alex detuvo al pelotón fuera, en un bar de hielo, justo al lado de un enorme tótem, el tipo de poste de diez metros que vi en Noruega. Caras pintadas y monstruos tallados en el lateral, que trepaban ansiosos hacia la cima. "¡Púrpura Pasión X!" dijo Alex al barman, lo bastante alto para que se oyera por encima de la música atronadora. Hizo un signo de la paz con la mano y gritó: "¡Dos!".

¡Bum! ¡Bum! ¡Bum!

Yo gritaba: "Alex, tengo que irme pronto... ¿quizá en media hora?". Así es. Sé que parezco viejo y cascarrabias, pero se está haciendo tarde. Tengo un hijo precioso que está durmiendo y una mujer desmayada. Me puso un dedo en los labios.

¡Bum! ¡Bum! ¡Bum!

"Shhhhhhhh, profesor. Dame una hora. Vamos a divertirnos. Celebrémoslo". Deslizó las brillantes bebidas moradas por la barra y me acercó una. Sonrió y deslizó el popote por una hendidura entre sus labios.

La observé beber. Luego observé a una bailarina escurridiza y semidesnuda en una jaula suspendida del techo. "Una hora. Muy bien. Pero luego necesitamos..." Mierda. Lo hizo otra vez. El mismo dedo. El mismo ruido de silencio. Esta vez seguido de un sorbo. Me dio la bebida y me metió el popote en la boca.

¡Bum! ¡Bum! ¡Bum!

Sabía bastante bien. Como una piña colada y algo más. Muy bueno. Perfectamente bueno. Sorbí un poco más. Mis nervios no estaban tan fritos como antes, gracias al champán, pero notaba cómo esta galleta morada o como demonios se llame hacía su magia.

¡Bum! ¡Bum! ¡Bum!

Los guardias se abrieron paso entre la multitud, abriéndonos un camino ancho y seguro. Sentí que se me aflojaba el cuello. Mis hombros perdieron su tensión. Ella se giró, devolviéndome la mirada, todavía sorbiendo su cosita morada. Odio esta música, pero de algún modo se siente diferente. Ahora puedo sentirla. En el pecho y en el corazón. Sienta bien. Mi corazón bombea al ritmo del bajo. Es energía, ¡pura energía! ¡Adrenalina! Una sonrisa se desliza por mi rostro. Una sonrisa descuidada que recuerdo vagamente de los días del pasado.

¡Bum! ¡Bum! ¡Bum!

Una larga cuerda de terciopelo rojo se levanta mientras nos acercamos a una parte apartada del hangar. La gente que pasa junto a las cuerdas no va vestida como los jóvenes delirantes y hippies de la multitud. Este grupo va bien vestido. Con más clase. Como los de la fiesta de la que acabamos de salir. La mayoría son esmoquin, vestidos y trajes caros. Algunos bailaron. Otros no. La mayoría estaban sentados en mesas, observando la locura tras copas de cristal de líquido brillante.

Nuestro escuadrón de seguridad se separó y se colocó a lo largo de las líneas de terciopelo. No eran los únicos de seguridad. Una decena de sombreros negros también se situaron en la línea, protegiéndola como la frontera de Tijuana.

¡Bum! ¡Bum! ¡Bum!

No recuerdo la última vez que sentí la cabeza tan despejada ni la última vez que me sentí tan vivo. Es como si viera el color por primera vez tras años de monocromía.

Un camarero, también vestido de esmoquin, nos sentó en una mesita roja y trajo una botella hinchada de vodka y una bandeja de pastillas. Me guiñó un ojo y se deslizó una de las diminutas pastillas blancas sobre la lengua. Me pasó la lengua, mostrándome la pastilla justo antes de tragársela.

Mierda, me había drogado. Miré lo que quedaba de mi resplandeciente bebida morada. ¿Qué secretos guardas, cosa morada? ¿Estoy furioso? Me siento demasiado bien para estar furioso. Cada terminación nerviosa está estallando en un cosquilleo orgásmico. Hacía años que no me sentía tan tranquilo y despreocupado.

¡Bum! ¡Bum!

CAPÍTULO VEINTINUEVE

"Necesito una foto de nuestro gran momento. ¿Te importa?"

Levanta su teléfono y me toma una foto. Necesito a los dos, amor, a los dos. Aunque posé. Quizá la enmarque algún día.

"¡No, de nosotros! Hoy no se trata de mí. Se trata de nosotros, de hacer algo mágico. Algo muy especial". Camina hacia mí. Lo está haciendo de verdad. Siento su mano en el costado de mi cadera. Su brazo me rodea la cintura. ¿Siente el sudor? ¿Siente el brillo húmedo que rezuman mis poros? Controla la respiración y deja de ponerte nerviosa. Víctor Miller me está tocando. A mí. Respira. Él toma la foto.

"¿Puedes enviármelas? Tienes mi línea directa".

"En cuanto termine en la clínica, te las envío".

"¡Por favor!" Vick. No soporto el suspenso. ¿Y si se te olvida? ¿Y si nunca pongo mis manos en esta foto? La primera vez que nos tocamos. La primera foto documentada de nosotros juntos. "Por favor, envíala ahora". ¡Envíala, envíala, envíala!

Sí. *Suspira*: lo hará. Acepta. Vuelvo a darle mi número. No puedo creerme mi suerte cuando siento el timbre de mi teléfono en la bolsa. Quería que él tomara las fotos porque quiero que su mano haga el trabajo y quiero que esas imágenes queden guardadas en su colección.

"Perfecto. Simplemente, ¡perfecto! Te pareces a él. Es... asombroso. Estás increíble".

Le doy las gracias de nuevo y le estrecho la mano, *su mano, ¡la mano de Vick!* Después de verlo entrar en la clínica, salto hacia los elevadores. Estoy a pocos metros de mi Víctor mientras se da placer. Se está tocando el pene *ahora* mismo, *¡ahí mismo para mí!* ¡Dios mío! ¡Es increíble! Miro nuestra foto. Su brazo alrededor de mi cuerpo, sonriendo a la cámara.

Inmediatamente encuadro la foto. En realidad, marco varias. Son imágenes ampliadas de la perfección, que me cantan desde las paredes de la habitación 9. Cada vez que entro nos veo juntos. Un fuerte recordatorio. Un recordatorio de que mi trabajo está dando sus frutos. El plan funciona. ¡Bebe el agua, Vick!

Envié a Javier, mi muy alegre y muy bueno comprador personal, a buscar billetes de lotería, como he hecho todos los días durante las últimas semanas. He acumulado 6.000 dólares en boletos para rascar. Por la noche, rasco. Los rasco y los tiro en 1 de 3 montones. El montón más grande contiene los fracasados. Los perdedores. Los Krayas. Los boletos campesinos, que valen menos que el papel en el que están impresos.

En el montón del medio están los mini-ganadores. Boletos que ganaron sólo unos dólares. Tal vez 10. Nada lo bastante importante como para llamar mi atención. El tercer montón era para los grandes ganadores. El montón emocionante. Hasta ahora había acertado varios premios de 100 dólares y algunos de 500 dólares.

Se había convertido en una rutina nocturna. Terminar en la oficina, ir al club, hacer ejercicio, ir al spa, cenar, tomar una copa de vino y rascar más boletos. Por supuesto, sigo vigilándolo de cerca a lo largo del día. Mi teléfono suena y vibra cuando está en movimiento. Acaricio su cara en la pantalla mientras miro las cámaras de vigilancia dispersas. ¿No es adorable?

También encontré tiempo para hacer otras cosas. Tareas que tenía en mi lista desde hacía demasiado tiempo. Añadí crema depilatoria al acondicionador de Kraya, con cuidado de no contaminar el frasco cercano de Vick. La idea de que su precioso cabello se envenenara... ¡Uf! Qué pesadilla. También le compré a Vick un bote nuevo de champú, para asegurarme de que no se le acabara y utilizara el suyo.

Hice redactar otro borrador del contrato y un tratamiento de blanqueamiento anal. Las chicas del club hablan maravillas de él. Tenían razón. Las cosas están más limpias y a Vick le encantará.

Sin embargo, había estado temiendo este momento. Hacía semanas que no veía a Vick y faltan otros 13 días para la fiesta. Si alguna vez hay un momento, es ahora. Se curará para entonces.

Cada vez que le veo, sudo. Me brilla la frente. Me hormiguean los muslos y me babean las axilas. Un sudor asqueroso, implacable, húmedo, se acumula bajo mis brazos. El interior de mis mangas siempre está empapado cuando acabo con él. Sólo hay una solución. Una. He probado desodorantes caros, láseres y medicamentos.

La cuchara está al rojo vivo. El rostro de Vick me alienta desde las paredes de la habitación 9. Lo observo en las pantallas. Está en el sillón, viendo la tele en su casa. Kraya está durmiendo, como siempre. Campesina de mierda. ¿No se atreve a sentarse a su lado? ¿Hablar con él? Si supiera la suerte que tiene. O la que tuvo.

El soplete, una herramienta estándar con llama azul de ferretería, lleva 5 minutos soplando fuego sobre esta cuchara. Éste es el momento. Sujeto con fuerza el frasco de vainilla. Aprieto los dientes contra la tela y presiono la cuchara humeante contra mi axila. Oigo el crujido y siento el ardor de mis nervios gritando y muriendo contra el ardiente calor. Aprieto más fuerte y grito, mirando a Vick en el sillón. "Nunca más volveré a sudar como un cerdo. Ya lo verás. Seré perfecta para ti".

Saco la cuchara de mi axila con la boca abierta jadeando en busca de aire. Me siguen hilos de carne quemada como mozzarella de pizza. Gimo aullidos ahogados detrás de la camisa que tengo en la boca. Dejo caer la cuchara y pego el trapo húmedo empapado en alcohol sobre mi quemadura. El tejido cicatricial no puede abrir las glándulas sudoríparas. Las cierra como si fueran pegamento. El alcohol detendrá una infección. Un relámpago y el dolor golpean mi axila y siento cómo se encienden todos los músculos de mi cuerpo. El dolor es un 10. Quizá un 20 en una escala de 10. Tengo los ojos muy abiertos y la piel llena de bultos: nunca había experimentado tanto dolor. Lo hago por ti, amor. Un hoyo hecho. Ahora, a...

La habitación está cada vez más oscura. Ya no puedo ver su cara en el monitor. Mis pensamientos se ahogan en el dolor, jadeando en busca de aire. Lucho por mantenerme despierta, pero me vencen y la habitación se vuelve negra...

CAPÍTULO TREINTA

¡Bum! ¡Bum! ¡Bum!

¿Qué es ese ruido?

¡Bum! ¡Bum! ¡Bum!

¿Se está haciendo más fuerte?

¡Bum! Bip. Bip.

Se me abrieron los ojos y tenía un dolor de cabeza tan fuerte que notaba el pulso en las sienes.

Bip. Bip.

Me senté en la cama. Kraya estaba a mi lado, inconsciente, con las piernas estrangulando una almohada. Me limpié la suciedad de los ojos. Unos granos amarillos cayeron sobre mi pecho. ¿Qué día es hoy? ¿Qué hora es?

Bip.

Me acerqué a la ventanilla. Una grúa de plataforma estaba entrando en mi casa, con el coche dormido en la plataforma.

Bip, bip, bip. Me puse unos pantalones deportivos y una chamarra grande, y salí corriendo por la puerta principal, casi tropezando con mis pies cansados.

"¡Hola! ¡Hola!" grité al conductor de la grúa. Estaba fuera de la cabina, desencadenando mi coche. Podía ver mi aliento en el aire invernal. La nieve era azúcar en polvo en mi banqueta.

"¿Llevas a Víctor?" Está grasiento. No sólo porque esté cubierto de aceite, sino por el tipo de grasa que perdura en su forma de vestir y de sonreír. Asentí con la cabeza. "Firma aquí, jefe". Me entregó un trozo de papel amarillo. Noté el sello en la muñeca mientras agarraba la hoja.

Mierda. No me extrañaba que mi cabeza estuviera tocando los palillos. ¿También tengo un reloj nuevo en la muñeca? Firmé su papeleo. Se dirigió al conjunto de palancas y bajó el coche. El sistema hidráulico era ruidoso y sacudió el coche al volcar sobre el cemento. Nada en esta máquina era silencioso.

Trozos, pequeños fragmentos de la noche volvían a mí. Entrecerré los ojos bajo el sol de la mañana. El aire frío me hacía daño en los pulmones. Recuerdo...

Ella gritó por encima de la música estruendosa. Dijo algo así como: "Te dije que tengo una sorpresa para ti", e hizo señas a uno de los camareros.

Recuerdo que el hombre, otro camarero, creo, trajo una caja a nuestra mesa. Tenía una cinta roja gorda alrededor y un bonito moño. Alex me la entregó, dándome las gracias por ayudarla de nuevo en su búsqueda de la fertilidad.

Dentro había un reloj. Un reloj con una pequeña corona en la parte superior de la esfera. ¿Un Rolex? ¡Qué mierda! Me miré la muñeca a la luz de la mañana, apartando la chamarra lo suficiente para ver la esfera reluciente. Sí. Un Rolex.

"Ya está, Víctor". El conductor de la grúa retiró la última cadena de mi parachoques. "Que tengas una buena mañana".

Debió de remolcar mi coche desde la casa de Nick hasta aquí. Maldita gente rica. He hecho el camino de la vergüenza de vuelta a mi coche en el bar innumerables veces. Nunca había pensado en enviar una grúa para que me lo trajera. Me encanta cómo piensan.

Para mi sorpresa, las puertas estaban desbloqueadas. Abrí el lado del acompañante y vi una pila de páginas sobre el asiento. Una pila familiar, sujeta con el mismo clip que forcejeaba. Al hojear las páginas, vi que estaban firmadas y fechadas: todas eran de anoche. Me froté el cráneo con el ceño fruncido. El dolor de cabeza seguía haciendo la macarena entre mis orejas.

Empecé a leer. Sólo duré unos segundos antes de darme cuenta de que hacía demasiado frío y necesitaba café. También necesitaba algo lo bastante fuerte como para matar al pequeño tamborilero de mi cabeza. Probablemente ibuprofeno.

Kraya seguía durmiendo. El niño también. Toda la casa estaba acurrucada en sus camas. Nuestro árbol de Navidad olía de maravilla, el fresco olor a pino que asoma la cabeza durante las fiestas. Enchufé las luces de Navidad, preparé café, puse música navideña y leí.

Tardé un rato, pero conseguí comprender lo básico. Tenía que volver pronto a la torre. Debía "llegar a la Clínica de la Planta Doce a las diez y cuarenta de la mañana, hora central, del veintinueve de diciembre...". No hay descanso para los malvados...

Consulté mi reloj, sorprendido de nuevo por la pieza extraña de acero brillante. Esperaba mi viejo reloj digital con la fecha en la parte superior en números cuadrados parpadeantes. No sé dónde está nada en esta cosa.

Francis llevaba un reloj como éste. Recuerdo que me lo dijo. Vuelvo al pasado, una sacudida momentánea de la memoria.

Está sentada frente a mí, las luces siguen parpadeando y los bichos raros siguen bailando. Yo sonreía porque sentía que mi cuerpo pesaba unos seis kilos menos. Me preguntó si me divertía. Lo estaba disfrutando. Me habló de su difunto marido. Cómo lo adoraba. Cómo un hijo lo arreglaría todo en el mundo. Me preguntó por mi mujer. Si me valoraba. Si me quería como yo necesitaba que me quisiera. Recuerdo que pensé que era extraño, pero la gente tiende a ponerse muy personal después de unas cuantas cosas moradas.

Tomé una taza de café recién hecho. Hoy lo preparé fuerte porque lo necesito. Me eché unas pastillas de ibuprofeno granate y sorbí café de una taza vieja. Mierda, ¿cómo llegué a casa? Todo está borroso. Aunque no un borrón repugnante como el de una noche de demasiados tragos de whisky. Un borrón emocionante con giros y vueltas y paseos en helicóptero y mujeres bailando en jaulas.

Y una mierda. Alexa también bailaba junto a nuestra mesa. Una seductora y retorcida coreografía de piernas y piel. Parpadea, trozos de memoria que se unen en un estroboscopio de imágenes. Pero no bailaba conmigo. Con otra persona. ¿Quién era ese otro? Piensa. ¿Qué ocurrió?

Era una mujer. Sí. Una mujer más joven, con un bonito vestido amarillo y el cabello negro. Se tomaron de la mano, rozando el torso. Piel por todas partes. ¿Recuerdo que se besaron? ¡Maldita sea! No puedo recordarlo con claridad. Quizá sea más seguro si lo olvido.

Veo un charco de cabello en el suelo. El pelo de Kraya. Ahora también lo recuerdo. Oigo gritos en la habitación del bebé. Se está despertando.

CAPÍTULO TREINTA Y UNO

La mañana de Navidad llegó y pasó. El niño corrió escaleras abajo, cachorro de peluche (Pup-pup) en mano, emocionado por ver el árbol y los encantos que había debajo. Kraya estaba demasiado cansada para bajar. Hice panqueques, beicon y huevos y los dos desayunamos. Tuve que cortarlo para el muchacho, por supuesto.

Esperé dos horas antes de que Kraya nos honrara con su presencia. Se quedó dormida en el sillón mientras Junior y yo abríamos las cajas de regalo verdes y rojas. El papel de regalo volaba enloquecido por la habitación mientras él abría sus nuevos juguetes. Después de comer, Kraya se animó lo suficiente para hacerme un regalo.

Una caja alta de papel de aluminio con una tarjeta que decía: *Feliz Navidad, Vick. Te amo.* Abrí el papel y miré dentro una lámpara nueva y reluciente. Una lámpara, sí, una lámpara. Las cosas no han sido lo mismo desde que Kray dio un giro. Tiene días buenos y malos. La mayoría no son buenos.

En los días realmente malos, bebo. Empiezo con un cóctel por la mañana temprano y salgo del pub a las cinco. Suelo limitarme a cuatro o cinco copas. No sólo está enferma, sino que se ha convertido en un agujero negro de negatividad y somnolencia. Bebo para relajarme. Bebo para olvidar el problema en casa que vive en mi mujer. Mi bella y maravillosa esposa que ha cambiado hacia algo repugnante. Es temporal, me recuerdo, y ella volverá a la normalidad. Los médicos me lo prometen.

Los doctores siguen diciendo que es ansiedad y depresión posparto. Puede durar hasta cuatro años, dicen. Fantástico. ¡Que me apunten! Después de la peor Navidad que recuerdo, intenté conseguirle otra cita. *Esto no puede ser normal. Tiene que haber una solución: ¿más medicación? ¿O tal vez menos medicación? Algo.* Cualquier cosa que pueda sacar a mi mujer del zombi que habita su cuerpo.

Por supuesto, la consulta del médico es una locura en esta época del año. Las vacaciones de Navidad y Año Nuevo no perdonan.

Miro el reloj: veintinueve de diciembre. He vuelto al reloj digital. Es más fácil de leer y mucho más ligero. Vendí el Rolex en eBay por una fortuna. Una fortuna que invertí en pagar facturas y propiedades.

Hoy es el día en que vuelvo a caer en la torre para uno de dos depósitos más. Odio admitir que estoy emocionado. Tengo un salto en mi paso. No por la parte divertida (aunque el estirón de la alfombra no será terrible), sino por el sueldo. Las cosas han estado bastante apretadas desde que Kraya se ha mostrado comprensiblemente poco servicial. He tenido que contratar a una niñera a domicilio, que tampoco es barata.

Me excusé, pasando la antorcha de la responsabilidad a la niñera, y salí de casa. Mi coche aún estaba caliente del viaje anterior al supermercado. Salí del garaje y casi golpeo el retrovisor del acompañante con el marco de la puerta.

Silbé una melodía navideña mientras conducía. Mis neumáticos nuevos se agarraban bien a la carretera, a pesar del hielo fresco. Estacioné cerca de la puerta principal de la torre, junto a una fila de sitios para minusválidos.

Me registré en la recepción, la misma monstruosidad de mármol que había visitado unas cuantas veces. La chica con la que hablé la última vez no estaba allí. Un nuevo grupo de señoras con auriculares esperó a que me acercara. Antes de que pudiera hablar, la morena de la izquierda me llamó: "¿Sr. Víctor Miller?"

"Sí". ¿Me estoy convirtiendo en un habitual de la Torre Livingston? Qué bien.

"Sr. Miller, por favor, siga al Sr. Needle. Lo acompañará a su cita". Señaló a mi hombrecito favorito.

"Sr. Miller. Venga conmigo, por favor". Esta vez estuvo tan encantador como la última vez. Recorrimos los familiares pasillos hasta llegar al elevador. Pulsó el número doce con un dedo débil, sonriendo con suficiencia en lugar de mantener una conversación informal. Intenté conversar, de verdad, pero no respondió. El clásico "Let it Snow", de Bing Crosby, sonó por el altavoz del elevador.

La puerta sonó. Cuando se abrió, el Sr. Needle señaló la Clínica de la Planta Doce. Yo salí y él (de nuevo) no. Su expresión no cambió mientras pulsaba sin vida el botón del elevador. Me recordó un poco a un robot de juguete con poca batería. Qué encanto.

Me presenté en el mostrador. Esta vez sí reconocí a algunas personas. Algunas de las mismas recepcionistas estaban aquí. También reconocí al doctor. "¿Me extrañó?" Extiendo una mano.

"Claro", dijo, estrechándome la mano con un apretón de pez muerto. "Bienvenido de nuevo, Sr. Miller". Esta vez entramos por otra puerta. La desbloqueó presionando su tarjeta de identificación contra un panel. "¿Comprende el procedimiento que vamos a realizar hoy, Sr. Miller?".

Pasé por delante de varias salas con luces de distintos colores sobre las puertas. "Me mast..." Miré a mi alrededor para asegurarme de que ninguna de las enfermeras o pacientes que merodeaban por el pasillo pudiera oírme. Susurré: "¿Me masturbo en una taza, se la doy y usted se la da a Alex?".

Me devolvió la mirada, con el estetoscopio rebotando cada dos pasos. "Srta. Livingston, sí. ¿Es consciente de que todos vamos a estar muy cerca? La privacidad será mínima, Sr. Miller".

CAPÍTULO TREINTA Y DOS

Abrió la última puerta del tramo final del pasillo. Una gran habitación que albergaba dos camas, un doctor, un tipo gordo y trajeado al que no conocía y Alex. "El señor Miller está aquí, doctor Mackelby". ¿Era necesario? Era bastante obvio que ahora estaba allí. La habitación era inesperadamente pequeña, un poco más grande que mi dormitorio. Estaba decorada con un escritorio, dos camas, un esqueleto de plástico multicolor y una báscula. Las dos camas sólo estaban separadas por una cortina de hospital.

¿Eso es todo? ¿Una *cortina de baño*? ¿Tengo que actuar en *esta habitación*?

"Gracias por venir, Vick". Estaba acostada en la cama contraria. El trajeado me entregó unos formularios para que los firmara. Leí las primeras líneas. Señaló las pestañas de plástico "firme aquí". Mi bolígrafo rayó mi firma en la página. Mi bolígrafo era el único sonido en la pequeña habitación y sentí que todo el mundo me miraba. Y así era.

Firmé junto a la última flecha roja y le devolví el portapapeles metálico. No lo leí. Parecía estándar y sentí pánico con todos los ojos puestos en mi espalda. Vi un acuerdo de confidencialidad, una cláusula de exención de responsabilidad, bla, bla... El doctor que me llevó a la habitación me dijo que me sentara en la cama, detrás de la cortina. Aún podía ver a Alex y a los demás al otro lado de la habitación, a no más de un tiro de piedra.

Me entregó un pequeño vaso de plástico, una revista y me preguntó si estaba preparado.

"¡Ustedes se ponen manos a la obra!". Santo cielo, me siento apresurado.

"Sólo tenemos una pequeña ventana de ovulación y temperatura, Sr. Miller". El doctor empezó a cerrar la cortina. Preguntó: "¿Hay algo más?".

"Estoy bien. Gracias, doctor".

"Por favor, empieza", dijo mientras cerraba la cortina. Una pequeña charla no podía hacer daño, considéralo un juego previo. No me había puesto al día con Alex desde la fiesta. Supongo que éste era el resultado que ella quería, ya no era necesario engatusarme.

Me aparté y empecé a hacer lo que hago. Era difícil concentrarse con todo aquel silencio al otro lado. Todos estaban escuchando. Hice todo lo posible por mantener el silencio, pero no se me ponía dura. Alguien se aclaró la garganta.

Nunca he ordeñado el alce con público. *Venga. Venga. Sin presiones. Actúa como si no hubiera nadie. No pasa nada.* Oí la puerta del otro lado. Se abrió y se cerró.

"¿Necesita una mejor estimulación visual, Sr. Miller?". oí desde el otro lado de la línea. Podía ver sus pies bajo la cortina.

"No. Estoy bien". *Malditos... ¡cállate! Venga. Vamos.* Intenté despejarme. Cerré los ojos. Intenté no pensar en nada, sólo concentrarme en lo que sentía: el calor de mi mano deslizándose y lo que sentiría al soltarla. Llegué a media asta, a pocos segundos del saludo completo. A partir de ahí, todo fue cuesta abajo, nena.

"¿Hay algo que podamos hacer por usted, Sr. Miller? ¿Para que vaya más rápido?", dijo el médico.

"Sí. ¡Puedes callarte! Haz como si no estuviera aquí, Doc. Deja de hablar". Por el amor de Dios, Doc. ¿En serio?

Necesitaba empezar de nuevo. Empecé a pulir e hice todo lo posible por desconectarme del mundo. Cerré los ojos, la copa en la mano izquierda y el cohete en la derecha. Encerar. Quitar cera. Despacio.

Un imbécil carraspeó de nuevo. *Vamos. Vamos.* Sigo con ello. Pasó un minuto. Estaba cerca, casi en el punto de ebullición. Ignóralos y céntrate en lo que sientes: están a un millón de kilómetros.

Estaba demasiado cerca para seguir preocupándome. Estaba a punto de golpear aceite blanco y no me importaba que lo oyeran. Soy un par de dedos de paloma murmurando y agitándose bajo la cortina. Me detuve, miré la taza y me sentí bastante orgulloso de mí mismo.

Los dos médicos irrumpieron de improviso. Guardé mi equipaje y les entregué el vaso. Uno de ellos utilizó una jeringuilla de goma para aspirar la baba. El otro sujetó el vaso como si fuera una bomba de relojería, manteniéndolo nivelado y a salvo. Dios quiera que no se le caiga y tenga que hacer otros cien G.

Abrieron de golpe el resto de la cortina y corrieron al lado de Alex. Entonces, las escuché. Palabras que no esperaba oír hoy.

"Vick. Ven aquí..."

Volvió a llamarme a su lado. Es surrealista; un momento tan extraño, exótico y natural que nunca habría podido predecir cómo reaccionaría. Caminé hacia ella.

"Es precioso".

Estaba acostada en la cama, con las piernas abiertas y una fina sábana azul sobre el pecho y los muslos. Su mano abierta se extendía lejos de la cama, invitándome a formar parte de su milagro.

En ese momento me encontraba junto a ella, sin saber cómo había llegado hasta allí. Debería marcharme. Esto se ha vuelto demasiado personal. Demasiado íntimo. Envolvió suavemente su mano alrededor de la mía y susurró: "Increíble, ¿verdad?".

Los doctores apartaron la sábana, haciendo espacio para trabajar con la jeringuilla turca. La sábana se deslizó por sus rodillas, pasó por sus muslos y se detuvo justo debajo de su ombligo. Me aparté educadamente.

"No pasa nada, Vick". Soltó su agarre de mi mano y jaló mi barbilla para mirarla. "Es la vida. ¡Es hermoso! Aquí no hay nada de lo que avergonzarse".

Bien. De acuerdo. Soy un adulto maduro. Ella tiene razón. No hay nada de lo que avergonzarse. He intentado ser maduro, he intentado observar la belleza sin distraerme. Pero me distraigo. Mi atención siguió sus muslos bronceados y sin vello hasta una mancha triangular de placer bajo su pubis cuidado. Observo cómo lo deslizan lentamente dentro de ella. Más profundamente. Volví a sentir su mano alrededor de mi brazo. Esta vez apretaba y susurraba algo. No podía oírla; estaba demasiado concentrado en la deslizante penetración.

Volvió a susurrar y me apretó el codo con más fuerza. El doctor apretó el émbolo y el semen salió del tubo de plástico transparente dentro de ella. Sentí sus uñas en mi piel y entonces la oí. La oí susurrar tan bajo, tan intensamente, que sólo yo podía oírla. Volteé y vi que sus ojos se concentraban intensamente en mí.

"Me estoy viniendo, Vick...".

CAPÍTULO TREINTA Y TRES

He experimentado alegrías y muertes en mi vida y me he encontrado con sorpresas en demasiados continentes. Sin embargo, esas palabras, junto con los clavos en mi brazo, me aturdieron. Como aturdido por la pérdida de habilidades motoras menores. Le temblaban las piernas y tenía los ojos en blanco. Los médicos no se dieron cuenta, o al menos no actuaron como si se hubieran dado cuenta.

Hablamos brevemente después del incidente. Sobre todo hablamos de la fiesta, de mi pago y del contrato. Hablamos de todo menos de la parte del orgasmo inesperado. Fue un intercambio casual de cumplidos y despedidas. Volvió a ser la de antes. Fría, sexy, Alexa.

No podía pensar en otra cosa. Me fui a casa, me bañé y volví a donar, esta vez al desagüe de la bañera. Aquel cuerpo. Bronce claro, muslos temblorosos y una mancha de vello pélvico perfectamente recortado. Su susurro y sus uñas. Vuelvo a ser un adolescente, fijado en una mujer con una intensidad que sólo la pubertad podría comprender.

Kraya se sentó con nosotros a cenar. Ambos masticábamos la comida aturdidos. El pequeñín comía juguetonamente, felizmente inconsciente de los aciertos y errores que había bajo nuestro techo. Pensé en mis votos: "Hasta que la muerte nos separe. En la salud y en la enfermedad". Incluso enferma y en blanco, sigue siendo mi esposa. Sin embargo, tengo necesidades. Me pregunto si ella también las tiene. ¿Piensa ya en sexo?

El día siguiente llegó rápidamente. La misma habitación, los mismos médicos. La misma Alexa, escondida tras la cortina. Los acontecimientos se desarrollaron igual, pero cuando llegó el momento, no estuve a su lado. Volvió a llamarme, pero permanecí inactivo cerca de la puerta cuando la jeringuilla de plástico se introdujo en su cuerpo. Esta vez no llegó al clímax. Sus pies no se retorcieron en los reposapiernas. Aceptó mi semilla sin emoción. Me observó mientras vaciaban el tubo.

Había pedido dinero en efectivo en lugar de otros métodos de pago. Quería que esto quedara fuera del radar por si Kraya de repente se daba cuenta lo suficiente como para revisar nuestras finanzas. Alguien dentro de mí la quería de vuelta, de vuelta a nuestro mundo normal de bromas estúpidas y películas nocturnas de peluche. El pequeño fuera de mí no quería. Era duro para Alex.

Tomé el sobre. Ciento cincuenta mil en metálico no pesaba tanto como creía. Me parecía insignificante. El dinero en efectivo también me ayudará a evitar esas molestas preguntas de Hacienda cuando vinieran a buscar su parte de mi trabajo sucio. ¿Estaban allí para animarme cuando los documentos no lo estaban? No. Sólo estábamos Willy y yo... y Alex.

CAPÍTULO TREINTA Y CUATRO

"La última vez que estuviste aquí...". Abrió su cuaderno y hojeó unas líneas. "Me dijiste que tu marido había estado actuando de forma extraña. También me dijiste que se veía con otra persona". Es una profesional de las preguntas abiertas. Siento que mis dedos se crispan. Deja de moverte y respira. Puedes con esto.

"Sí, lo ha hecho". Bien. Buena respuesta. Ves, estás haciendo un gran trabajo, no hace falta que te intimide la chica fea del baile.

Escribe más. Su bolígrafo raya tinta sobre la página en el silencioso despacho. Es difícil no fijarse en el anodino papel pintado y en su escritorio de roble desgastado. Sobre el escritorio, una variedad de bolígrafos rojos, azules y negros colocados ordenadamente en una taza de "La mejor madre del mundo". ¿Tiene vodka en el cajón de abajo? ¿Se cansa de escuchar problemas todo el día, día tras día?

Su bolígrafo raspa la página. "¿Conoces a la mujer?", pregunta.

"La conozco, sí".

"¿Te molesta que tenga una aventura?".

"¡No me engaña!" Vuelvo a sentir los latidos de mi corazón detrás de los ojos. Me seco la primera gota de sudor de la frente.

La humedad se acumula en mi frente. "Sólo está...". En mi regazo, mi dedo índice traza rápidamente círculos sobre una uña. "No sé, ¡experimenta!". Hago una pausa y vuelvo a ajustarme la falda. "En cuanto descubra lo mucho que lo quiero, me querrá".

"¿Crees que es una relación sana si se está viendo con otras personas?", dijo y levantó los ojos del bloc de notas, dispuesta a analizar mi respuesta.

"¡No! Claro que no es sana, pero siempre hemos tenido una relación interesante. Esto es sólo... sólo... sólo otra bola curva". ¡Para! Deja de alimentarla. Respuestas cortas, ¿recuerdas? Respuestas cortas y controladas.

Toma más notas. "¿Sabe que tú sabes de ella?"

"¿Lo sabe? ¿Lo sabe?"

Me limpio la frente. Mi maquillaje se corre, las lágrimas brotan, mutilando mi máscara de pestañas. Contrólate. No te sueltes. No vuelvas a perder el control. Había olvidado lo difícil que es venir aquí.

El terapeuta desliza una caja de pañuelos por la mesa. "Háblame de eso".

Alfileres y agujas en la boca. Aprieto tanto los labios que se me entumecen. Tomo un pañuelo de la caja y me limpio las manchas negras de las mejillas. ¿Cómo me ha pasado esto? ¿A nosotros? Lo odio por eso, pero no puedo vivir sin él. Su tacto y su risa y su... ¡todo!

"Lo dejaremos para más tarde...". Garabatea más en la página. "¿Sabe que estás luchando? ¿Tomas medicamentos?"

Las palabras quedan atrapadas. Abro la boca, pero tengo la garganta demasiado apretada para emitir un sonido. Tengo las palmas de las manos húmedas. "No", balbuceo.

"La última vez que estuviste aquí, me dijiste que te sentías invisible. Como si su vida transcurriera sin ti. ¿Sigues sintiéndote así?".

Se me endurece la garganta alrededor de la saliva que he intentado tragar, como si una serpiente me apretara el cuello desde dentro. ¿Por qué me presionas, zorra? - "Sí..." Mis ojos se encuentran con los suyos. Rabia - tristeza - Dios mío, soy demasiado vulnerable.

Más garabatos. "¿Conoce tu condición? ¿Tu historia? Tu..." Se inclina hacia delante. "...¿tu historial de salud mental?"

Te veo.

Te veo observándome desde detrás de tu mesita. Siento tu juicio. Te conozco. Eres como todos los demás. Te veeeeeeeoooooo. ¡No! Hoy no. "No, no conoce mi historia". Soy tan vulnerable. ¿Por qué volví aquí? Revisa, por favor. ¡Revisa, por favor! Ya he acabado. ¡Hecho! Nunca debería haber hablado con nadie de esto. ¿Quién te crees que eres? Eres una terapeuta campesina con certificados de una escuela pública y un cuadro de un granero de 2 dólares en la pared. Me levanto y me dirijo a su lado de la mesa. Se echa hacia atrás con una sonrisa engreída e incómoda. "Y nadie más debe conocer mi condición".

El cuchillo se siente pegajoso al deslizarse por su cuello. Sus ojos observan los míos: depredador y presa. Se ha acercado demasiado - ¿Por qué tuviste que hacerlo? ¡Mira lo que has hecho! ¿Por qué no me has dejado hablar de él, o dejarme hablar de mi día y de lo mucho que lo quiero? O podrías haberme preguntado por qué lo quiero. O, o, o, ¡dime que correrá hacia mí y que me querrá! No quiere a esa otra mujer. Yo soy la única para él. Te has hecho esto a ti misma, Consejera. Deberías haber jugado limpio.

Intenta gritar, pero sólo son burbujas y gorgoteos. "No conoces mi condición...". Retiro la hoja de su piel. - "...ya no."

Se desploma en la silla, sujetándose el cuello con expresión tonta y sorprendida. Deberías haber sabido que te ladraría, zorra. Sus ojos se apagan, dejándola con una última mirada tenue e inexpresiva. Ahora se ve guapa.

Sin estrés. Sin juicios. Le sienta bien.

Madre mía. Madre mía. Vick. ¿Qué hice? Deja de moverte. Lo hice por ti. Por nosotros. Se lo merecía, zorra astuta. Mira lo que pasa cuando metes el dedo en lo más hondo, Consejera. ¿Qué hice?

Concéntrate. Piensa. No es momento de entrar en pánico. Ahora no es el momento. Tomo su computadora y su calendario de encima de su escritorio. También agarro su bote de desinfectante de manos y tiro su taza de mamá al suelo con un golpe seco. Con los brazos llenos, salgo por la puerta lateral.

Bien, ¡perfecto! Todavía está allí. Un vagabundo de unos sesenta años (o tal vez de unos treinta con muchos estupefacientes) sigue durmiendo bajo el banco de cemento. Mi coche está a unos pasos de él, orientado hacia el este del estacionamiento. Pongo la laptop en el techo de mi coche y busco a tientas en mi bolso. Siempre pierdo estas cosas, maldita sea. ¿Dónde están mis llaves? Encuentro el llavero negro y pulso el botón de la cajuela. Dejo caer la agenda de la terapeuta y la laptop en la cajuela. Saco la tapa del botiquín y me pongo los guantes médicos morados. No porque me preocupe demasiado el ADN (aunque es un bonito beneficio secundario), sino porque tengo que tocarlo. Este, este... vagabundo.

Una enfermedad que crece en mis calles. Tengo cuidado de no despertar al vagabundo bajo el banco mientras le limpio el cuchillo ensangrentado en la manga. Me aseguro de mancharle la mano derecha, sobre todo bajo las uñas. Huele a podrido, a alcohol e infección. Meto su bolsa en su sucia chaqueta de camuflaje y le envuelvo la correa alrededor del cuello.

Vuelvo al coche y rebusco en la guantera. Las tarjetas del seguro, algunas servilletas y 3 tampones caen al tapete. ¿Todavía está aquí? Por supuesto que sí. El teléfono está en un cargador de batería, pegado con velcro a la parte trasera de la guantera. Es el teléfono desechable que utilizo para llamar a Vick y colgar. Le he llamado muchas veces, para escucharlo saludar. Lo compré con dinero en efectivo en una tienda a unas calles de la torre. Lo enciendo y marco el número corto.

"Nueve-uno-uno, ¿cuál es su emergencia?". La voz del operador es profesional y monótona.

"¡Dios mío, yo... yo... vi a un hombre! ¡Un hombre gritando y cubierto de sangre! ¡Cubierto! Parece un loco, un... un... ¡un maníaco!". dije.

"Señora, cálmese. ¿Puede decirme dónde está?", me preguntó el central de policía.

"Yo... yo... ¡no lo sé! Creo que en la 9ª Avenida, cerca de ese gran edificio de departamentos marrón". Sé muy bien dónde estoy. Construí ese complejo de departamentos el año pasado y sé que ninguna de las cámaras funciona en el lado sur, en este lado. ¿Por qué no las reparamos? ¿Por qué deberíamos? Los guetos siguen siendo guetos. ¿Por qué debo seguir tirando dinero en un edificio que sigue intentando derribarse a sí mismo?

"Señora, lo está haciendo bien. Los agentes están de camino. ¿Qué aspecto tiene ese hombre?"

Mierda. Tengo que moverme. "Lleva una... una... una chaqueta del ejército. ¡Parece un loco! ¡Ahhhhh! ¡Está cubierto de sangre! ¡Ahhhhh! Viene hacia aquí". Cuelgo y saco la batería de la parte posterior de la carcasa del teléfono. Ahora viene la parte divertida. Saco las dos plumas de epinefrina de debajo del brazo y vuelvo hacia el vagabundo. Su pantorrilla llena de costras está expuesta, quemada por el sol y cubierta de cortes.

Le clavo las agujas en la parte carnosa de la pierna, inyectándole suficiente adrenalina como para enviarle a la luna. Se le abren los ojos. Engancho las agujas y vuelvo a poner el capuchón, con cuidado de no pincharme con su enfermedad. Grita y entra en pánico. Le he inyectado suficiente adrenalina como para levantar un coche. Me deshago de los bolígrafos y la batería del teléfono desechable en la cuneta oxidada y corro de vuelta a mi coche. Vuelvo a tantear las llaves. Oigo sirenas: se están acercando. Me paso el cinturón de seguridad por el pecho, arranco el coche y me alejo despreocupadamente mientras se acercan las luces intermitentes. Los policías apuntan con sus armas al hombre que veo por el retrovisor. Está corriendo en círculos, intentando quemar el cóctel de adrenalina.

¡Pop! ¡Pop-pop-pop!

El hombre transeúnte es un desastre desplomado de color rojo en el retrovisor. ¿Le han disparado? ¿Ha sido el petardeo de un coche? ¡Mierda, mierda, mierda!

Me tiemblan las manos sobre el volante. Mierda, eso estuvo cerca. ¿Por qué lo hice? ¿Por qué? Necesito mantener el control. Concentrarme. No más distracciones. Creía que había acabado con incidentes como éste. Esos días han quedado muy atrás. Me echo unas cuantas gotas de desinfectante de manos en las palmas temblorosas y me limpio las manchas de sangre con un pañuelo de papel. Tengo que tener más cuidado.

CAPÍTULO TREINTA Y CINCO

Nick Preston se sentó frente a mí en el Orchard Club. Fumábamos puros y veíamos caer la nieve sobre la calle. Era nuestro segundo encuentro. La primera vez que nos vimos, fue todo personal, nada profesional. Me preguntó por mi familia, mis inversiones. Qué pensaba de la presidencia y qué libro había leído por última vez. Estaba tanteando el terreno, asegurándose de que yo no era un imbécil que quería ligar, que era exactamente lo que era, pero parecía disfrutar de mi compañía. Me tiró un hueso y observó lo que hacía al masticarlo. Debió de aprobarlo, porque aquí estábamos de nuevo. Una gran chimenea de piedra nos daba calor mientras bebíamos whisky en los asientos de cuero.

"¿Crees que el mercado de alquileres sigue subiendo?". Nick bebió un sorbo de whisky y sacudió la ceniza de su puro.

"Lo creo. He estado sacando números de los B&B, hoteles y alquileres de departamentos. Tengo unos cuantos que me envían sus datos de ventas. Está subiendo mucho".

He estado haciendo mis deberes. Kraya ha sido un fantasma desde que tengo memoria, quedándose en nuestra habitación, murmurando y durmiendo. He estado ocupando mi tiempo con el trabajo. Hago un montón de cosas de niños, luego trabajo en una siesta aquí y allá, y luego más negocios. He encontrado a chicos de toda la ciudad para que me envíen sus datos de ventas mensuales. Les di cien pavos. Los pobres infelices estaban atrapados ganando el salario mínimo en algún hotel. Cien pavos era mucho para ellos.

Nick se apoyó los dedos en la barbilla. Tenía la mente ocupada mientras miraba el fuego crepitante. "Me gustaría probar otra cosa contigo, Víctor". No perdió el contacto visual con los troncos encendidos. "Me gustaría proponerte algo. Una empresa conjunta". Los ojos se unieron por fin a los míos. "Me gustaría crear una empresa juntos. Una sociedad de responsabilidad limitada. Aportaré tres millones a la empresa si puedes asegurar las ganancias. Grandes ganancias. Digamos un veinte por ciento en el primer año natural".

Ese whisky debe de ser fuerte. "El veinte por ciento es demasiado agresivo, Sr. Preston". Lo era. Creo que me estaba poniendo a prueba otra vez, comprobando si estaba hecho de grandes promesas y pequeñas ganancias.

"Una preocupación muy válida. A veces mis ojos son más grandes que mi estómago". Se removió en el asiento, hizo una pausa y dio un puff al cigarro. "¿Qué tal un cinco por ciento de rentabilidad prometida, y todo lo que supere eso, te lo quedas?".

Los tipos ricos como Preston no necesitan ganar más dinero. Lo que necesitan es la persecución, el control y la acción. El cinco por ciento es sólo un punto o dos más que el interés que obtendría con una gran empresa privada si guardara el dinero en algún lugar seguro. Él sólo quiere jugar.

"Puedo vivir con el cinco por ciento si añadimos un estipendio garantizado de setenta mil para un director de operaciones".

"Puedo vivir con eso". Extendió una palma arrugada hacia mí. La estreché. "Haré que los abogados redacten algo y lo envíen. Me gustaría empezar no antes de doce semanas".

"Doce semanas está bien. Antes tengo que terminar otras cosas". No tengo nada para doce semanas, pero no quería parecer desesperado. La desesperación es tan sutil como un pedo.

Nos sentamos un rato después del apretón de manos y contemplamos la amplia chimenea. Se quedó quieto hasta que su mujer le llamó para hablarle de un concierto al que quería asistir. No puedo imaginarme el dolor de cabeza que supone salir con alguien de la mitad de mi edad. Preocupado por el brillo de labios y los daiquiris de fresa en vez de por los pagos de la hipoteca y la crema para las hemorroides. Ah, volver a ser joven.

Apagué el puro en el gran cenicero redondo y sorbí el resto de la bebida. No me gustaba mucho el whisky, pero si voy a andar como un pato, tengo que aprender a graznar como uno y a beber como uno.

Me quedé unos veinte minutos después de que se fuera. Tomé mi chaqueta, dejé propina al camarero y recogí mi coche del valet del club. Estos tipos saben vivir, ¿verdad?

Llegué a mi casa a tiempo de sorprender a la niñera vaciando la basura. Me saludó. La saludé. Estacioné en la entrada en vez de en el garaje y me dirigí a la puerta principal. La nieve crujía bajo mis zapatos y el viento me quemaba las mejillas.

Había que sacar la basura a la calle, Vanessa. Pero no te pago para que limpies o empujes esta cosa a la avenida, te pago para que te asegures de que mi hijo no se muere cuando me voy a pasar el día fuera, así que te perdono. Me ardían las manos en el asa del contenedor de basura mientras lo hacía rodar por la avenida. Hace unas semanas me caí sobre el hielo mientras sacaba la basura, así que doy pasos pequeños, planos y arrastrando los pies. Esta cosa pesa más de lo habitual. ¿Qué demonios hemos hecho esta semana? ¿Y cómo es que siempre tenemos tanta basura? Las bolsas pasaban por encima de la tapa como la espuma de una cerveza lager vertida en exceso. El papel de aluminio me llamó la atención.

Abrí la tapa y saqué una bolsa blanca y fría de la parte superior. La bolsa no estaba bien cerrada y vomitaba tarjetas de cartón, billetes de lotería para rascar, tan apretados que la bolsa era casi sólida. Abrí la bolsa, tomé un puñado y los saqué. Todos estaban rascados. Cientos de ellos, quizá miles. Tres o cuatro cayeron a mis pies. ¿Pero .Qué. Mierda?

Volví a tirar un puñado de rascadores al contenedor. Me incliné y tomé unos cuantos más del suelo. Ganadores, dos de ellos de diez dólares. Kraya, en su maldito estado, se está jugando nuestro dinero y, para colmo, ¡está demasiado jodida para saber cuáles son ganadores y cuáles no! ¿Aquí es donde ha ido a parar nuestro dinero? ¿Todos esos retiros?

Tomé la bolsa y volví al coche. El primer billete que compruebo es falso. El segundo, no bueno. El tercero, no ganador, y así hasta el duodécimo boleto. Ganador, quince dólares. Lo dejo a un lado. Hice esto durante una hora y cuarenta minutos en la cabina de mi coche. Hay tantos boletos en mi coche que parece confeti. En total, encuentro dos mil ochocientos diez dólares en boletos ganadores entre el montón de perdedores.

¿Hay más bolsas en la basura? ¿Y la recogida de la semana pasada?

CAPÍTULO TREINTA Y SEIS

"Buenos días, Vick".

"Alex, buenos días. ¿Qué puedo hacer por ti?" dice Vick.

Lo veo en las cámaras levantándose y dejando a Kraya en la mesa. Se escabulle por mí. Mantiene a salvo nuestro secreto. "Deberíamos hablar".

"Estamos hablando ahora, ¿no?". Me oigo reír. No puedo creer que se me haya escapado. Mantente profesional a toda costa. "Lo estamos haciendo, sí. Pero tenemos que hablar de unos asuntos. En privado".

Deja de moverte.

Lo pongo en el altavoz. Puedo sentir la profundidad de su voz en alta definición, resonando a través de seis o siete altavoces repartidos por la habitación. Está sentado aquí conmigo, en la habitación 9, hablándome.

Está hablando de nuevo, retumban las profundas vibraciones de su voz. Me está diciendo que está libre la semana que viene. No, Vick. Tienes que mantener el rumbo. Sigue mi plan.

Los labios se separan mientras deslizo su frasco de vainilla dentro de mi cuerpo. Ralentiza la respiración y contrólate. Le digo que la fiesta es mañana a las 18.00 en punto. Tiene que recogerme a las 17.30 con algo formal, algo especial, algo... ¡afilado! Vuelve a hablar. Inmediatamente me lo imagino vestido de punta en blanco, sonriendo con esos dientes perfectamente imperfectos. Su barba incipiente, lo bastante larga para quemarme al recorrer mi piel. Mis dedos rastrean mi clítoris. Puedo verlo hablando por teléfono en la pantalla de mi cámara.

Mi espalda se arquea sobre las sábanas de goma. Cambio el ángulo de la cámara y le veo hablando por teléfono. En otro monitor veo a su mujer, cenando en la habitación de enfrente, con los ojos brillantes, inconsciente, drogada como una cuba. Buena chica, Kraya. Sigue siendo estúpida, campesina. Sigue retumbando en el teléfono. Diciendo algo. No puedo concentrarme con estas oleadas de placer. Concéntrate. Deja de moverte. Tienes que responderle.

Siento que me aprieto alrededor de la botella de vainilla, que sus bordes rugosos atrapan el borde de las tiernas almohadas de mi interior. Está húmedo. Pulsante. Sigue hablando. Seguimos al teléfono y seguimos conectados. Estoy impaciente por verte. Estoy impaciente por abrazarte. Tu cuerpo, tu sonrisa. Tu aliento en mi pecho. Silencio la línea. Las erupciones trepan por mis nervios. Murmuro algo, lo suficiente para responderle. Accede a recogerme. Sus palabras son ahora una cadencia profunda y retumbante por todos los altavoces. Me froto con más fuerza y trazo círculos rítmicos y palpitantes en mis labios de mujer. Viene a recogerme para la fiesta. ¡Ya viene! Un aullido gutural escapa de mis pulmones. Me tiemblan las manos, arañando las sábanas. Le miro en la pantalla con los ojos muy abiertos, unos ojos que no han pestañeado. Oigo un grito, un grito de placer y torpeza en la habitación 9. Un revoltijo de humedad y semen y sangre y placer resbaladizo gotea sobre la cama. Me derrumbo, retorciéndome al compás de la electricidad que se ralentiza en mi interior.

Clic. Vick cuelga.

CAPÍTULO TREINTA Y SIETE

Compré ocho casas con la empresa que creamos Nick y yo. La llamamos PMI, abreviatura de Preston Miller Incorporated. Nos pareció ingenioso. Antes había insistido en Sherlock Homes, LLC, pero a él no le gustaba.

Contraté a un joven asiático para que gestionara las propiedades. Le pagaba cuarenta y cinco mil al año y me pagaba a mí mismo los otros veinticinco mil por gestionarlo. Era un negocio decente y ayudaba que Nick tuviera los bolsillos llenos. Esto no era más que un hobby para él, una treta divertida para ver si podíamos obtener beneficios. Debe de ser duro.

Compré con inteligencia. Las casas ya se habían revalorizado tras unas cuantas reparaciones. Instalé alfombras nuevas, di unas cuantas capas de pintura, puse manillas nuevas e instalé molduras de corona blancas y nítidas. Sólo en plusvalía habíamos ganado unos setenta mil dólares en las primeras semanas. Nick estaba contento. Me propuso otro millón, pero yo ya estaba perdiendo demasiado el sueño.

A Kraya y a mí nos iba bien, sobre todo porque nunca la veo. Pasa mucho tiempo en la consulta de su terapeuta. La llenan de antidepresivos y sandeces. Cualquiera de los dos hacía mucho bien. Apenas hablamos. Mejor dicho, ella apenas habla. Los ojos sin vida y el cabello despeinado son ahora sus únicos amigos.

Vanessa, nuestra estupenda niñera, estaba haciendo un buen trabajo con Junior. Me sorprendió lo unidos que se habían vuelto los dos. Kraya apenas podía mirarlo. Estaba más preocupada por sus siestas vespertinas que por darle de comer o verlo colorear. He pensado en el divorcio, claro que sí, pero me sentiría demasiado culpable para llevarlo a cabo. Puede que ahora me necesite más que nunca, y tengo que seguir estando aquí para ella, aunque eso signifique mantener la línea de bronceado detrás de mi anillo.

Esta vez ocurrió un martes, cuando menos lo esperaba. Estaba en la sala del trono de una de las propiedades que van de número dos, leyendo el dorso de un bote de pintura con los pantalones por los tobillos. Me sobresaltó la vibración. Me incliné hacia abajo, rebuscando en unos pantalones vaqueros sueltos y salpicados de pintura para encontrar mi teléfono.

El nombre en la pantalla significaba muchas cosas. Probablemente otro día de paga. Probablemente otro secreto de Kraya, y otra oportunidad de ver a Alex sin ropa. Me siento cómodo con algunas de esas cosas. Contesté.

"Hola, Vick. ¿Te encuentro en un mal momento?".

"No pasa nada, ¿qué puedo hacer por ti, Alex?". Bueno, tengo los pantalones por los tobillos porque me estoy defecando, estoy cubierto de pintura y tengo "Every Breath You Take" de The Police a todo volumen en el equipo de música de una habitación contigua. Así que, no, no es un mal momento.

"Tiene gracia, Profesor. ¿Verdad que sí? La rutina en la que nos hemos metido".

Había cortado por lo sano. Inusual, incluso para Alex. "Sí..." Tengo demasiada curiosidad por escuchar el resto de la conversación como para intentar interpretar las rarezas que rodean a esta loca relación. "Claro que sí. Es una buena rutina, Alex. Nos ayuda a los dos".

"¿Necesitas otra muestra?" Debe de necesitarla, ¿no? ¿Por qué iba a llamarme si no? No se registra, ni llama para charlar sobre la nieve derretida, ni pregunta por mis nuevos negocios. No, sólo llama cuando necesita algo. Ése es nuestro acuerdo.

Suspiró. Un suspiro desesperado que sólo se oye en la derrota. Era evidente que no estaba consiguiendo nada con el embarazo. Debe de ser frustrante, sobre todo con lo que ha invertido en esto. "Sí, quiero". Una breve pausa en la línea. "¿Tienes mala conexión, Vick? ¿Oigo un eco?"

"Así es. Ahora te llamo". El cuarto de baño era una cámara de eco. Con clase, amigo. Con mucha clase. ¿Por qué no tirabas también de la cadena, ya que estabas? Deja que lo oiga todo.

Me subí los pantalones y me apreté el cinturón. Apenas pude defecar. Con casi cuarenta años, es como el Día de la Marmota: nunca sé si se retirará o saldrá a nadar. Bajé el volumen de la música, saqué una libreta y un bolígrafo, y la volví a llamar. Contestó al primer timbrazo.

"¿Vick?"

"No son los Cazafantasmas".

Ni una risa. Ni una risita. Nada.

"Vick. Tenemos que hablar. ¿Estás libre esta noche?"

¿Esta noche? Parecía importante. ¿Quizá pueda hacer que la niñera se quede hasta tarde? Voy a suponer que me llega dinero, así que puedo pagar la factura de más horas, ¿no? Aunque tengo una cita caliente con mi laptop a las siete, luego tal vez una película a las ocho. Cócteles a solas en mi sala de estar a las diez. Lo de siempre.

"Esta noche estoy libre, Alex".

"Bien. Nos vemos en Rosenflats a las seis. ¿Te viene bien, Profesor?"

Ya está otra vez con esa basura de profesor. "¿El asador? ¿Y a las seis y media? Me gustaría ayudar a acostar al niño". Lo que me falta de comprensión y paciencia lo compenso con una buena educación, eso es lo que me digo a mí mismo. Ser adicto al trabajo no siempre se presta bien a ser un buen padre. Son esas pequeñas mentiras piadosas que nos decimos a nosotros mismos para que el mundo siga girando.

"Sí, el asador de la séptima. A las seis y media está bien. Nos vemos allí".

"Me parece bien. ¿Puedes decirme algo al respecto para que no me esté preguntando toda la tarde?"

"No. Tendrás que esperar a que te haga ilusión verme".

¿Lo estoy? ¿Estoy emocionado por verla? ¿O es que estoy emocionado por saber más sobre una propuesta? Ella quiere algo, y cada vez que ella quiere algo yo consigo comprar otra casa. Me está haciendo la vida más fácil con cada encuentro. Todo por un apuesto ADN. "Me emociona verte y saber más". Puedo decir eso, ¿no? ¿No se hará una idea equivocada? Lo último que necesito es que empiece a pensar que me gusta y eso arruine este acuerdo de negocios.

"Estupendo. Gracias, Vick. Yo también lo estoy deseando".

El resto del día pasó volando. Terminé de pintar y trasladé mis lonas azules a la habitación contigua. Me miré en el espejo del baño y dediqué más tiempo a quitarme la pintura de debajo de las uñas. ¿Cuál es su oferta? ¿Qué es lo siguiente? Supongo que será otro encuentro cercano con una especie de manguito. ¿Quizá otra vez dos habitaciones, una taza? Otro día de paga sería muy oportuno: este mes no doy abasto. Mi "fondo de mierda" está bajo mínimos y al fondo para la universidad le vendrían bien unos dígitos extra. Cada céntimo extra se ha invertido (¿o apostado?) en estas propiedades.

Quité unas tiras de cinta azul de pintar de la pared recién coloreada antes de irme. La cinta azul es lo peor si la dejas toda la noche. La casa tenía buen aspecto, mucho mejor que hace unas semanas. Apagué el equipo de música y los focos, tomé las llaves de un cuenco que guardaba en la encimera vacía y pulsé el botón de la puerta del garaje. La puerta del garaje hace ruido y cruje al enrollarse. Se abrió unos metros antes de cagarse y quedarse parada. Alucinante, simplemente alucinante.

CAPÍTULO TREINTA Y OCHO

El asador está oscuro. Uno de esos lugares exclusivos, presumidos y deliciosos que visitas cuando te declaras a alguien o celebras un nuevo trabajo. Hay tenues luces colgantes y mesas de madera oscura por todas partes. Está lleno de parejas compartiendo vino y compañeros de trabajo cenando después del trabajo. La mayoría de los camareros llevaban traje, mientras que la anfitriona y las camareras no llevaban casi nada. Me di cuenta de que era caro por los nombres de los filetes del menú de entrantes. Cuando tu comida lleva el nombre de algo francés, o contiene más de cuatro palabras, te va a salir cara.

Alex estaba sentado en un pequeño reservado en el extremo opuesto del restaurante. Bueno, no sólo Alex. Los hermanos Tweedle de nuestro primer encuentro también estaban presentes. ¿Por qué tiene abogados con ella, es esto bueno, sólo procedimiento?

Alex se quedó en silencio cuando doblé la esquina. Todos se levantaron y me tendieron educadamente la mano. Las estreché y tomé asiento. El fino cuero se encontró con mi trasero. "Me alegro de verte, Alex...". Fue un placer porque tenía buen aspecto. ¿Es que esta mujer nunca deja de tener buen aspecto?". "Vosotros también, amigos. Asintieron y nos sentamos.

"Gracias por venir, Víctor". El negro se dirigió primero a mí.

Seguido inmediatamente por el blanco: "Te agradecemos que hayas venido con tan poca antelación".

Los dos grandullones esbozaron esas sonrisas de abogado sabelotodo y educado de quien conoce un secreto, pero no puede contártelo. Apuesto a que están a punto de decírmelo.

"Me alegro de verte, Vick", dijo Alex.

"Esto es infinitamente mejor que una sala de juntas", dije yo. Me pregunté si íbamos a comer o sólo íbamos a hablar tomando una copa. En cualquier caso, necesitaba una copa ahora más que nunca. Intenté llamar a una camarera que pasaba, pero fingió no ver mi mano levantada.

"Hacía tiempo que no te veíamos, Víctor. Hemos oído hablar bien de tu negocio. ¿Cómo te van las cosas?", dijo el negro en un intento de entablar una conversación informal. Este tipo quiere comer primero antes de ir al grano, garantizado.

"Bien. Las cosas van bien. Alex me ha ofrecido muchas oportunidades". Sonrió y bebió un sorbo de vino. Tinto, por supuesto.

"Tienes un talento natural, Vick. Yo sólo hago algunas presentaciones. Todo lo demás es habilidad". Volvía a la adulación. Sí. Quiere algo.

El camarero, un treintañero hipster con barba y bigote de candado, se acercó a la mesa. "¿Cómo estáis todos hoy?" No esperó respuesta. "¿Puedo empezar con una bebida, señorita, estamos listos para pedir?".

¡Por fin! ¡Sí! ¡Claro que sí! Todos los demás ya han bebido. ¿Los hermanos sal y pimienta de allí están bebiendo agua, o vodka disfrazado de agua? "Sí. Un Manhattan, por favor". Necesitaba algo fuerte. Algo que fuera sofisticado, pero lo bastante fuerte para darme un buen subidón.

"Que sea un Manhattan Greenpoint", intervino Alex, ajustando audazmente mi pedido, "... y filetes por todos lados". Un paso más allá: también había pedido nuestra comida. ¿Mucho juego de poder, Alex?

"¿Y para las ensaladas?" El camarero nos miró a todos. Éramos lo bastante grandes como para pedir nuestras ensaladas, esperaba.

El gran ébano y el grueso marfil pidieron un Caesars. Yo también. Alex pidió una ensalada virgen, sea lo que sea eso. Seguro que tiene algo que ver con las calorías. Come sano y luego date un atracón de filete. Gran dieta, Alex.

No anotamos nada, ni siquiera cómo nos gustaban los filetes. Algunos poco hechos. Algunos poco hechos. Algunos poco hechos. Este tipo lo tenía todo preparado. También mi pedido de bebidas, que era el número uno de mi lista de prioridades. No me defraudó. En menos de un minuto estaba de vuelta con mi cóctel. Dios existe.

Un alcohol amargo y potente golpeó mi lengua, un oasis en este mar de abogados. La mitad de la bebida se había acabado antes de que dejara el vaso.¿Demasiado? Ni hablar. Alex me observaba, podía sentirlo. Creo que incluso se me escapó una sonrisa. Debe de saber que esto me pone nerviosa. Ella también tiene que estar nerviosa, ¿no? Quién sabe cuántas copas de Merlot se habrá bebido antes de que yo apareciera.

"Te seguiré el juego, Vick. Podemos saltarnos la charla informal e ir directamente al grano", dijo Alex.

Sorbí. Allá vamos. Esto es lo que estaba esperando. ¿Cuántas tazas necesitas y cuántos pesos me dan por ello, hun? Que venga el tocino.

Alex hizo un gesto a uno de los abogados para que hablara. Sacó una tableta y la deslizó hasta mi lado de la mesa. Esta vez no había papeleo. Al menos, todavía no. Leí la pantalla mientras hablaba. "Los médicos de Alexa han diagnosticado tu...". Bajando la voz, "...semen, como deficiencia de oxigenación abreviada".

Por supuesto, nada de aquello tenía sentido. Bueno, lo del semen lo había entendido, pero el resto sonaba a portugués. La tablilla ofrecía más información sobre el diagnóstico.

Paciente: Víctor Miller

Diagnóstico: Síndrome abreviado de deficiencia de oxigenación del semen.

Descripción: El semen del paciente Miller carece de enzimas que alteren la oxigenación. El semen del paciente muere en 0,3 segundos cuando se expone al oxígeno o a otros gases comunes.

Vaya, eso sí que dificulta que alguien se quede embarazada si mis chicos mueren nada más ser expulsados. Dejé la pastilla sobre la servilleta de tela. "Entonces, ¿me estás diciendo que mi semen ya no es bueno?".

"No exactamente, señor Miller". El abogado continuó en voz baja: "No significa que tu semen sea nulo. Significa que tu semen no es operativo si se expone a la intemperie".

Alex se bebió el resto del vino. Ahora apenas mantenía contacto visual. Notaba que se estaba poniendo incómoda. "Vick, significa que tenemos que intentarlo de otra manera". Ella también habló en voz baja.

Puedo hacerlo. Sí, ¡puedo hacerlo! Gracias a Dios. Por un segundo me preocupó que el río de dinero se hubiera secado. Kaput. Pero no! Trae los dólares, chica. "No pasa nada. No pasa nada. Lo volveremos a intentar". ¿Pero cómo? Necesito mantener a mis pequeños fuera del aire. "Puedo meterlos en un condón. Eso funcionará, ¿no?". No dejaré que mi día de paga muera junto con mis paracaidistas.

Los abogados y Alex se sobresaltaron por mi volumen. Algunas mesas miraron en mi dirección. Maldita sea. He olvidado que estoy en buena compañía. Bajo la voz y todos se inclinan hacia mí. "Eso funcionará, ¿verdad? Así no estarán expuestos al aire".

"No...", el caucásico regordete mueve un dedo gordo. "No, eso no funcionará, Víctor. Ya hemos pensado en eso. Los médicos dicen que la reacción al látex invalidará la vida del espécimen".

Qué manera de decir, las gomas también lo invalidarán, Sr. Pantalones Adecuados. "De acuerdo... ¿Contenedor de plástico? ¿Catéter?" oh amigo, ¿acabo de decir eso? Lo último que quiero es que me metan un tubo por el pito. Entonces, por otros cien mil, me lo meteré yo mismo.

"De nuevo, ya hemos pensado en eso, Sr. Miller. No hay forma de eliminar completamente el oxígeno de los tubos antes de introducirlos en su...". Ahora más tranquilo: "... su pene".

Tomé la tableta y seguí leyendo. Tiene que haber otra forma.

Para utilizar con éxito muestras de donantes (Miller), es necesaria la inseminación directa, o sin oxígeno, para obtener resultados óptimos.

Dr. Gregory Giordonni, MD

¿Inseminación directa? No lo entiende. Entonces, cuando Alex empezó a hablar, lo vi claro. Me golpeó como un tren lleno de ladrillos. Entiendo por qué salimos a cenar. Entiendo por qué están aquí las gemelas Olsen. Sabía lo que iba a decir antes de que acabara la frase.

"Vick. Hay una forma de hacer que esto funcione". Alex cerró los ojos, ya fuera por vergüenza o por tensión. "Penetración. La inseminación directa es la única manera". Hizo un gesto al camarero para que le sirviera otra copa.

La secundé.

Esperamos nuestras bebidas. Mi atención rebotó de los dos trajes a Alex, de nuevo a mi bebida vacía, y luego otra vez. Ahora me estaban esperando. Esperaban que dijera algo, cualquier cosa que pudiera darles una pista sobre mis sentimientos al respecto. No estaban solos. Yo también estaba esperando a ver qué sentía al respecto.

Era tan confuso como un dèjá vu. Quizá haya algo que se me escapa. Necesito confirmarlo. ¿"Sexo"? ¿Me estás diciendo que la única forma de que esto funcione es el sexo? Eso es lo que significa inseminación directa, ¿no?".

Big White habló primero: "Preferimos llamarlo coito clínico".

Llegaron nuestras bebidas. Alex y yo nos lanzamos miradas mientras sorbíamos nuestra bebida. Sorbo agresivo. Tragar nerviosamente es probablemente la mejor forma de describirlo. Probablemente yo no me la habría bebido más rápido ni con un embudo.

"No sería lo que está pensando, Sr. Miller". Se secó la frente con un pañuelo.

Mi vaso tintineó al dejarlo sobre la mesa. "Bueno, entonces... ¿en qué estoy pensando?".

CAPÍTULO TREINTA Y NUEVE

Mi primer pensamiento, confusión. Ahora ya no. Entiendo perfectamente lo que buscan. El segundo, realidad. ¿El resultado final? Los doctores, los abogados y Alex quieren que tenga sexo con ella en vez de soltar a mis chicos en un vaso. Sexo. Sexo de pene en vagina. Sentí un estremecimiento en los pantalones. Ahora no, muchacho, silencio.

Alex estaba sentada al otro lado de la mesa, mirando su vino con una tranquila vulnerabilidad. Es una mujer que necesita algo, algo precioso, personal e íntimo. Podía oír a la multitud a mi alrededor, el chasquido de los tenedores contra los platos y el murmullo de las conversaciones.

Dedo Gordo Blanquito respondió a mi pregunta. "Está pensando en el coito. Todo el acto del coito". Hizo una pausa mientras el camarero le llenaba el vaso de agua. Le dio las gracias y esperó a que se marchara antes de continuar. "No necesitamos todo el acto. Sólo los momentos finales. Inseminación directa en el momento del clímax. El resto puede..." El camarero volvió con pan.

"¿Puedo ofrecerte algo más mientras espera la comida?".

Le dio las gracias y le hizo un gesto para que se fuera. "Como te decía, estás pensando en todo el acto. El 99% puede hacerse en privado. El último uno por ciento hay que hacerlo clínicamente".

Nunca había pensado en el sexo como un proceso tan frío. El uno por ciento clínicamente. Chicos, sigo siendo yo, metiéndome a Alex y disparando mi... ya sabes. Estoy destrozado. Mi yo de veinte años se está poniendo duro. Esta puede ser la oportunidad de mi vida, un polvo de proporciones épicas. El marido razonable (y adulto) que hay en mí me dice que todo está mal en esta situación. Todo. No puede salir nada bueno de que me la coja. Perdón, cogérmela clínicamente.

Terminé mi bebida. Todos lo hicieron. Había más en camino, gracias a Alex. Incluso los abogados pidieron bebida esta vez. Hubo silencio durante unos minutos más. Nuestras miradas pasaban nerviosas por la mesa. Todos contemplando en silencio.

El Sr. Abogado Blanco rompió el silencio. "¿Hemos mencionado que hay un contrato de trescientos mil dólares asociado a este procedimiento?".

CAPÍTULO CUARENTA

Tres. Cien. Mil. Dólares de los Estados Unidos. Dinero. Dólares. Billetes Verdes. Montones. Cheddar. Bolsas. Trescientos mil nuevos amigos que viven en mi cuenta bancaria. Que la moral abandone tu cuerpo es un poco como hacer tratos con el diablo. Bueno, más bien tratos con la hija del diablo.

Volví a sentarme en el sillón de cuero, comiendo mi filete recién entregado. Estaba poco hecho, sangriento y delicioso. La carne se deshacía en mi boca, rezumando un placer salado en mi lengua. Era difícil concentrarse en nada con el jaleo que tenía en la cabeza. Había creado un pizarrón de pros y contras en mi cerebro, cartografiando ambos lados de este trato. Por un lado, mucho dinero. Engañar a mi mujer, por el otro. La pregunta más destacada, en círculo: ¿Es engañar? No es por placer. No es porque nos gustemos. Ni siquiera la conozco.

¿Es tan diferente de donar esperma? Mismo resultado, distinto procedimiento. Un poco más personal. Alex llevaba un rato sin decir una palabra. Estaba sentada en su silla como un neumático con una fuga lenta. Estaba ebria, quizá más que ebria. Ojos brillantes y sonrisa fría. ¿Qué ocurre en ese cerebro tuyo, Alexa?

Me habían mostrado los resultados de un panel de ETS en la tableta. Está limpia. Además, después de verla semidesnuda con la bata del hospital, puedo dar fe personalmente de que todo está en orden ahí abajo.

Los abogados hablaban en voz baja entre ellos. Alex y yo permanecimos callados.

"¿Cuándo necesitas que pase esto? No... no estoy seguro de nada de esto". Por fin rompí mi silencio.

Alex habló. "Uno, quizá dos días, más o menos veinticuatro horas. Ésa es mi ventana de ovulación más fiable".

Sorbimos nuestras bebidas, nos dimos palmaditas en los labios con servilletas de tela y nos metimos suavemente trozos de filete en los agujeros de la cara. El camarero retiró unos cuantos platos y dejó caer sobre la mesa una fuente de dulces de chocolate. Una pirámide de esferas de postre, empapadas en caramelo o algo rico.

"Esto es ridículo, ¿verdad?". Alex tiró la servilleta sobre la mesa. "Lo siento, Vick. Te estamos pidiendo demasiado, ¿no?". Se volvió hacia sus abogados.

"Les dije que era una mala idea. Debería haber hecho caso a mi instinto, no a ti". Apuró el resto de su copa de vino. "Creo que tengo que aceptar que no va a ser para mí". Se levantó, me dio las gracias por mi tiempo y salió del restaurante.

CAPÍTULO CUARENTA Y UNO

Alex tiene un don para lo dramático, pero no creí que se fuera a ir. "Bueno, chicos. Gracias por el tiempo que me han dedicado. Y gracias por la cena". Quería confirmar que sabían quién pagaba la cuenta.

"Sr. Miller..." Cocoa ahora, tomando la iniciativa, "Preveíamos una reacción como ésta. Llevamos muchos años trabajando con la Srta. Livingston". De su bolso de cuero apareció una pila de papeles. "Es un tema emotivo para ella. Tiende a...". Miró al otro abogado, volvió a mí y añadió: "... reaccionar precipitadamente".

"Planes de contingencia, Sr. Miller. Siempre planeamos lo peor y esperamos lo mejor con Alexa". La pila cayó con un fuerte golpe sobre la mesa. "Ella está preparada para ejecutar este contrato si usted lo está, Sr. Miller".

Pasé unas cuantas páginas. "No estoy seguro". Los cubitos de hielo se encontraron con mis labios mientras terminaba los dos últimos dedos de otro cóctel. Yo también he consumido demasiados como para tomar decisiones sensatas. "Necesito algo de tiempo para pensarlo".

"En el caso de que dijeras algo así...". Sacó una página impresa de una carpeta. "Estamos dispuestos a ajustar la oferta a cuatrocientos mil si aceptas en las próximas veinticuatro horas". Me deslizó la página. No bromeaba. Ahí estaba, en tinta negra impresa: cuatrocientos mil dólares por una decisión tomada en veinticuatro horas o menos.

"Necesito algo de tiempo, caballero. No se trata sólo de donar un...". Hice comillas al aire: "Ya no es un espécimen. Esto es un asunto".

Se rió entre dientes. "No es ni mucho menos una aventura, Sr. Miller. Una aventura insinúa una relación. No hay ninguna relación. Son negocios. Usted tiene algo que nosotros necesitamos. La oferta y la demanda dictan el precio". Con una expresión de suficiencia en las mejillas, dijo: "Debería ajustar su forma de pensar, Sr. Miller".

"Necesito digerir esto. Gracias por la oferta".

"Llévese esto, Sr. Miller". Me entregó la pila y la carta de oferta. "Por favor, llámame si tienes alguna pregunta o quieres trabajar en esto". Sacó una tarjeta de visita de la chaqueta de su traje y me la entregó.

Me la guardé en el bolsillo, tomé la carta de oferta y volví a deslizar el pesado contrato por la mesa. "Esta vez, envíame el resto por correo electrónico".

CAPÍTULO CUARENTA Y DOS

Papá no sabía lo de la requisición del helicóptero. Podemos permitírnoslo, pero no estaba en el presupuesto. Papá y su puto presupuesto. Presupuesta esto y aquello. ¡A la mierda tu presupuesto, papi!

¡Bum! ¡Boom!

"¡Alexa! Sé que estás en casa..." Se oye una voz apagada y chillona detrás de la puerta.

¡Bum!

Salto. Sus puños golpean ahora con más fuerza. "Nick me habló del helicóptero. ¿Sabes lo caro que era? ¿Tienes idea de lo que cuesta manejar esa cosa? Tengo el seguro, los pagos, el combustible, el tiempo de vuelo, las tasas de almacenamiento, los planes de vuelo, el costo por hora del piloto y su puto seguro". Suspiró. Un suspiro fuerte y profundo resonó en la puerta. "No puedes llevártelo siempre que lo necesites, Alexa. Es mucho más caro de lo que crees. ¿Y por qué se me van de las manos los honorarios del abogado este trimestre? ¿Qué demonios estás tramando, Cacahuete?".

Su sombra es un fantasma cambiante en la mirilla. Ha vuelto a golpear. Hoy no estoy de humor para su mierda. Siempre está parloteando sin parar sobre costos, decisiones financieras, costos de explotación, bla, bla, bla, bla, ¡puto bla! Por una vez, sólo por esta vez, tiene que entender que lo uso para algo.

Mi teléfono suena en una mesa lejana. Mis pies descalzos por el azulejo no hacen ruido. Sigue golpeando. Palmo el teléfono y miro la pantalla. Me está llamando desde fuera de la puerta.

"Te oigo ahí dentro, Alexa. Oigo tu teléfono. ¡Sé que estás en casa! Vamos, esto es ridículo. Necesito hablar contigo. ¡Eres mi hija, por el amor de Dios! Por favor, déjame entrar".

Dejé que sonara el buzón de voz. Seguía murmurando detrás de la puerta. No podía entenderlo. Sólo hablaba, luego golpeaba, hablaba y más golpes.

Él esperó y yo esperé. Volví a dar pasos de pluma por el azulejo. ¿Me oye caminar?

"¿Cacahuete? Sólo quiero hablar". Su voz tensa. "¿Se trata de Francis?"

Esperamos. Ninguno quería hablar; ambos por motivos diferentes.

"¿Se trata de algún tipo de excitación o distracción? ¿O algo más? Ha sido un año o dos duros; tú lo sabes y yo también, pero no puedes tirar el dinero a estos problemas. Algún día tendrás que afrontarlos, cariño".

Está siendo amable. Eso que hace de vez en cuando para tomarme desprevenida. Hoy no puedo ocuparme de esto. Demasiadas cosas que hacer. Más planificación y más preparación. Estoy demasiado ocupada, ¿no lo ves, papá? ¿Respondo o me callo? ¿Le digo que estoy ocupada? ¿O que estaba durmiendo? ¿O en la bañera?

"Si es eso, y sólo estás pasando una mala racha...". Una tos abandonó su pecho de barril. "Tienes que controlarte. Te quiero, Cacahuete, siempre te he querido y siempre te querré...".

Ahora de puntillas otra vez, en silencio, para mirar por la mirilla. Hola, papá: te veo. Justo a la derecha de mi vista le veo, una mancha grande y oscura apoyada en la puerta. ¿Qué dirá si le dejo entrar? ¿Será como la última vez? ¿Podrá cumplir sus promesas?

"¿Cacahuete?"

Alcancé la manilla. El frío metal tocó mis dedos.

"Cacahuete. Déjame entrar. ¡Déjame entrar! ¡Déjame entrar ya! Estás gastando demasiado dinero. ¿Cuál es tu puto problema? Deja de hablar de Francis y haz tu puto trabajo".

Golpeó una vez más. Con fuerza. Todo tembló con su último y furioso puñetazo contra la puerta".

"Vale, Cacahuete. Nos vemos en la reunión del proyecto Rassmusson la semana que viene. Mientras tanto, ¡deja de gastarte todo nuestro puto dinero!".

Su oscura figura se alejó de la puerta, pulsó el botón del elevador y esperó. Mis ojos se clavaron en la mirilla. Se giró, me atravesó con la mirada, entró en el elevador y cerró la puerta.

Me desplomé en el suelo, apoyándome contra la fría puerta de mi departamento. Una lágrima, la única que dejé que se apoderara de mí, cayó sobre mi camisa. Maldito imbécil. Ya verás, papá. Puedo enseñarte lo que es el amor de verdad. No tienes ni idea. Ni idea. Puedo enseñarte por qué me he gastado este dinero. No ha sido una frivolidad. Era una inversión. La *mejor* inversión. Estarás orgulloso de mí cuando te lo enseñe, papá.

CAPÍTULO CUARENTA Y TRES

"Gustavson y Haddock, ¿cómo puedo dirigir su llamada?"

"¿Puede comunicarme con la extensión cuarenta y dos?"

"Por supuesto, señor. Espere, por favor". Sonaron saxofones y pianos en mi oído. Calmante, pero seguía siendo una porquería de música de espera.

"El Sr. Miller, supongo".

Es uno de los dos abogados, pero había mezclado las tarjetas, así que no estaba muy seguro de cuál era. No importaba. El mensaje era el mismo. "Así es. ¿Identificación de llamada?" pregunté.

"Sí, señor. Me gusta ver quién llama antes de descolgar. ¿Qué puedo hacer por usted, Sr. Miller? ¿Está listo para su próxima cita?"

"En realidad..." Allá va. Mi renuente y mal construida declinación. "No puedo hacerlo. Simplemente no me atrevo. Por favor, envíale a Alex mis disculpas".

"Siempre puede llamarla y disculparse usted mismo, Sr. Miller".

"No. No, no. No tengo estómago para eso. Sé lo mucho que esto significa para ella".

"Lo comprendo". Se oía un teclado de fondo. ¿El suyo? ¿Quizá un asistente cercano en la oficina? "Tengo preparada una última oferta para usted, Sr. Miller, en caso de que la rechace, como así ha sido".

Estupendo. Anoche no pegué ojo. La idea de dejar pasar casi medio millón de dólares por cinco minutos de diversión era una píldora bastante dura de tragar. Pero no es el dinero. Es el delito. Independientemente del estado de Kraya, tengo que atenerme a mi matrimonio, tomar la iniciativa y seguir la línea moral para mantenerme en el buen camino. No necesito el dinero, aunque resolvería muchos problemas. Tengo comida en la mesa y unos ingresos estables. Esto habría sido salsa. Claro que habría sido una salsa deliciosa, sexy y asombrosa.

"En caso de que rechace la oferta anterior, voy a prorrogarla otras veinticuatro horas".

"Voy a interrumpirte ahí, jefe. He decidido que no puedo hacerlo. No me importa".

"Escuche, jefe. La señorita Livingston no acepta muy bien un 'no', así que, por favor, déjeme terminar mi oferta. La señorita Livingston está dispuesta a ofrecerte seiscientos mil y una bonificación adicional de cien mil dólares si consigue quedar embarazada tras la breve interacción."

¿Setecientos mil dólares? Creo que eso podría convertirme en la puta mejor pagada de la historia del sexo. Vale, Vick. Relájate, amigo. Ya tomaste tu decisión. Es un pecado, ¿recuerdas? Siempre puedes volver más tarde, pero no puedes retractarte, ¿verdad?

Esta puta moral me está saliendo cara.

Podría jubilarme hoy mismo y contratar a una empresa de administración de fincas a tiempo completo para que gestione mis cosas. ¿Me he convertido en esa persona? En la universidad, habría aceptado tres pavos por acostarme con ella. Demonios, quizá habría pagado. Hoy, sin embargo, sigo diciéndome a mí mismo que soy un hombre diferente. Tengo un hijo. Esposa. Familia.

"Lo siento. No puedo aceptarlo". Colgué el teléfono. ¿Recordaré hoy como el día en que cometí el mayor error de mi vida? ¿De mi carrera? ¿O lo veré en las puertas del cielo y recibiré sonrisas y palmas de golf del público?

CAPÍTULO CUARENTA Y CUATRO

La vida en el sótano me va bien. Mi pequeño pasa el rato conmigo cuando estoy en casa y juega en el suelo junto a mi escritorio. He estado durmiendo en el futón. No como el que tenía a los veinte años; hoy en día hacen futones de cuero con reposabrazos y espuma viscoelástica y un lugar para mi cerveza.

Hacía unos meses que dormía casi siempre aquí abajo. Kraya dormía en el dormitorio de invitados del ático. Allí arriba había un cuarto de baño y un montón de su ropa. Contraté a una enfermera de alquiler para que pasara a verla varias veces al día. Toma siete medicamentos. Siete. Algunos para la depresión, otros para la ansiedad, otros para la tensión arterial, otros para quién diablos sabe.

¿Nuestra relación? Tensa. Supongo que tensa es una mala palabra para describirla, ¿quizá inexistente? Pero he mejorado. Más paciente. Voy a verla cuando tengo tiempo y le beso la frente cuando duerme o murmura entre dientes. Los médicos lo llaman trastorno maníaco disociado. Lo que, según Internet, significa que se ha vuelto loca.

Me sorprendo guardándole rencor por ello. En realidad, no es culpa suya. Si pudiera, estaría en la cima de su juego. Sería esa mujer sexy de la que me enamoré. Se me está dando bien enterrar mis sentimientos y volver a preocuparme por ella. La quiero, o quiero a la mujer que fue. Mientras tanto, cuidaré de la cáscara opaca que rodea a mi mujer. Mi maravillosa y hermosa Kraya. Espero que siga ahí, en alguna parte.

Le gusta dar paseos. A veces, cuando está anormalmente despierta, va a la tienda a comprar flores. Desapruebo de todo corazón que salga de casa, pero la niñera no es un guardia de prisiones. He encontrado varias abolladuras y golpes en la parte delantera y trasera de su coche. De hecho, son tantas que me cuesta ver un punto que aún esté al ras.

Hoy es noche de cita. La noche en que la ayudo a vestirse y maquillarse. Una noche en la que el niño está en el piso de abajo y nosotros estamos juntos en el comedor, intentando enmendar el camino que se nos ha presentado. Un camino de mierda, pero aún así tengo que recorrerlo.

Cuando subí, ella ya estaba esperando en la mesa con un bonito vestido de flores y el cabello recogido. Tiene buen aspecto. Se me hace una bola en el estómago cuando la veo así. Tiene un aspecto normal. Como mi antigua Kray.

Vanessa debe de haberla ayudado esta noche. No se le ha corrido el pintalabios y los tonos están bien difuminados. Infinitamente mejor con el toque de una mujer que con mis técnicas de maquillaje.

He preparado su plato favorito: pasta linguini con pollo. Parmesano rallado por encima y verduras frescas al vapor aparte. La tomé de la mano y recé. Cuando las palabras salieron de mis labios, no pude evitar fijarme en la flojedad de su agarre. Empujo mis sentimientos hacia la boca de mi pecho y susurro la oración. Necesito que el gran hombre ahora, ahora mismo, haga algo, lo que sea para que yo supere esto. Para que ella supere esto.

Sus delicados dedos intentan sujetar el tenedor, pero le cuesta. Me inclino, pincho un trozo de pollo con el tenedor y se lo doy. Nuestras miradas se cruzan y por un momento, un momento breve y mágico, vuelvo a verla. A la mujer con la que me casé. "Te amo, Kraya. Siento mucho haber estado distante".

Ella no responde. Sólo mastica. Su mandíbula rebota arriba y abajo mientras mastica el pollo. Ninguna respuesta, sólo una mirada de un millón de millas.

Intento hablar varias veces más. Me encuentro con unos ojos tranquilos que tartamudean y me siguen lentamente. Comí. Entre bocado y bocado le conté mi día y las cosas que habían pasado desde la última vez que tuvimos nuestra cita nocturna. Le hablé de las casas de alquiler y de que estaba pensando en regalarle un perro. Un cachorro era una gran idea, pensé. Le daría algo para acurrucarse todo el día en el ático. Debe de sentirse sola. No puedo llenar todos estos vacíos; necesito trabajar.

Al final de la noche, apagué las velas, puse su plato en el fregadero y la llevé a la cama. Sólo se había dormido un par de veces durante alguna de mis historias de esta noche. Buenos momentos. Me di cuenta de que había adelgazado. Ya era pequeñita, pero unos kilos suponían una gran diferencia. Sentí su columna vertebral y sus costillas mientras la llevaba arriba. Le quité el vestido, le puse la pijama y la metí en la cama. Ya roncaba antes de que apagara la luz.

Cerré la puerta y me senté en el último escalón. Froté la alfombra color crema y miré al techo. ¿Qué es esta terrible sensación? ¿Por qué mi mujer está tan enferma? ¿Por qué nos está pasando esto? ¿Qué demonios? Maldije a la escalera vacía e hice algo que no había hecho en mucho tiempo. Echaba de menos a Kraya, mi mujer.

Lloré.

CAPÍTULO CUARENTA Y CINCO

El bar estaba vacío, como debía estarlo a las dos y media de la tarde. Estaba oscuro, sólo los focos anaranjados que colgaban sobre la barra iluminaban mi bebida. Jimmy, el camarero, miraba el partido en el otro extremo de la barra. Removí los cubitos de hielo con un fino popote rojo y bebí un trago. El vodka es algo hermoso.

Mi teléfono sonó en la barra. La pantalla era tan brillante que tuve que entrecerrar los ojos para verla. Número desconocido.

"¿Diga?"

"¿Víctor Miller?"

"Sí. ¿Qué puedo hacer por usted?".

"Soy Nancy Green, enfermera de Urgencias del Hospital Mercy, su mujer ha tenido un accidente". Nadie puede prepararte para esas palabras. La música de fondo se detuvo. Los vítores del partido en la televisión se volvieron borrosos. Sólo oía a la mujer al teléfono. Me levanté, derramando mi bebida sobre la barra.

"Dios mío, ¿qué pasó? ¿Está bien?" dije, ahora frenético. No siento las piernas. Estoy fuera de mí. No puedo decidir si sentarme, levantarme o caerme.

"Los dos están estables, pero su hijo tiene algunos hematomas en la cara".

¿Mi hijo? ¿Qué demonios hacía conduciendo con él? "De acuerdo. Bueno. ¡Jesús, bien! Ahora bajo. ¿Qué habitación?"

"Emergencia dos-dos-tres-A".

Colgué, olvidé pagar la bebida y corrí hacia mi coche. Mis ojos tardaron un momento en adaptarse a la luz del día. La nieve se había derretido en su mayor parte, sustituida por una interminable llovizna gris. Demasiado húmedo para disfrutar del aire libre, demasiado cálido para considerarse invierno.

Volví a sentir el timbre del teléfono en el bolsillo, pero no lo atendí a tiempo. Había bebido tres copas, pero la combinación de luminosidad y alcohol me dificultaba salir de mi lugar de estacionamiento.

Tras quince minutos de conducción tuerta y borrosa, me encontré en el estacionamiento del hospital. Después de estacionar, me dirigí a la recepción y pregunté al hombre obeso con bata dónde podía encontrar el dos-dos-tres-A. Me dio unas sencillas indicaciones, una tarjeta de visitante y me hizo pasar. Volvió a sonar mi teléfono y esta vez contesté.

"¿Hola? Me quedé sin aliento. No me había dado cuenta de lo rápido que había corrido.

"Vick, amigo, he estado intentando localizarte". La voz de Rob en la línea. Sorprendentemente reconfortante oír a un amigo en un momento así.

"Rob, lo siento. Kraya ha tenido un accidente. Ahora mismo estoy llegando a Urgencias".

"Lo sé, Vick. Estoy aquí".

Doblo la última esquina y veo a Rob al teléfono, esperando fuera de la sala dos-dos-tres-A. A su lado, mi hijo, sentado en una silla de ruedas con una compresa fría sobre el ojo izquierdo. ¡Ay, mi pequeño! Había estado llorando. Tenía las mejillas húmedas y rojas como un globo. Me arrodillé, abrazándole tan fuerte que pensé que podría hacerle daño. "¿Está bien? ¿Está bien?" Me abrazó fuerte con brazos pequeños y cálidos.

"Está bien, Vick. Un poco conmocionado, y algún moretón aquí y allá, pero todos los escáneres están limpios. No hay conmoción cerebral. Ningún traumatismo. Es un chico fuerte". Rob le dio unas palmaditas en su pequeño hombro.

"¿Kraya? ¿Dónde está?" Mi atención se vuelve ahora hacia Rob. ¿Voy a matarla, llevándole de paseo en su estado? Ella lo sabe mejor.

"Por eso estoy aquí...".

Rob señaló la habitación. Miré la placa; es la habitación dos-dos-tres-A. Asomo la cabeza y me encuentro con tres policías y una enfermera hablando con Kraya.

"¿Qué? ¿Qué es esto? ¿Qué está pasando, Rob?"

Un fornido agente con la cabeza afeitada y una línea de bronceado en forma de gafas de sol se giró, me vio y preguntó a Rob si yo era "el marido". Asintió y Big Arms McLaw empezó a hacerme preguntas.

"¿Es tu mujer?", preguntó.

Asentí con la cabeza.

"¿Desde cuándo tiene problemas con las drogas?". Sacó un bloc y empezó a tomar notas.

"No tiene que contestar a eso...". Inquirió Rob.

"Mira, tienes razón, no tiene por qué contestar, pero ella tiene un problema grave. Necesito saber cuánto tiempo lleva consumiendo heroína para poder hacerle una recomendación", dijo el policía.

"¿Qué tipo de recomendación?" le pregunté, pero Rob me agarró del brazo y me hizo callar.

"Tratamiento o cárcel...".

Rob me apartó, lo bastante fuerte como para hacerme daño en el brazo. "Amigo. Deja de hablar. Han encontrado heroína en el coche. Heroína. Bastante, además". Se detuvo, miró a su izquierda y a su derecha, y susurró: "¿Lo sabías?".

"¿Qué? ¿La heroína? No, ¡no lo sabía, maldita sea! Esto tiene que ser un error".

"No, amigo. Analizaron su sangre y la encontraron en el coche. Es heroína".

CAPÍTULO CUARENTA Y SEIS

La niñera se fue a comer después de que todos se durmieran. Suele ir en coche a la tienda de bagels o a un local de comida rápida, durante lo cual llama a su madre o a su patético novio. A veces fuma. A veces lee. Es una campesina aburrida.

Camino por la casa de Vick con la familiaridad de mi propia casa. ¿Cuántas veces he estado aquí? ¿Cientos? ¿Miles? Es mi hogar lejos de casa. Conozco cada rincón. Cada revista y cada cajón.

Primero cambio las pastillas de Kraya. Cada pocas semanas cambio su medicación para la ansiedad por un nuevo opiáceo, narcótico o psicotrópico. Esta vez, una combinación de morfina y metilmorfina. No tan fuerte como la heroína, pero de la misma familia. Lo suficiente para convertirla en una babosa, pero no para matarla. Aunque fantaseo con ello. Un miligramo de más y puedo acabar con tu vida de campesina. El poder que tengo, Kraya, cabrona.

Pero hoy no, no, hoy no. Tengo que volver a cambiarlos por su aburrida medicación para la ansiedad. El plan está en marcha y todo está preparado. Sólo unos pasos más. Sólo unos pocos más, ¿puedes creerlo? El frasco de pastillas resuena en el baño mientras las agito en mi guante de látex.

Lo siguiente que hago es ir al baño, la adrenalina suele hacerlo. Después de limpiar y tirar de la cadena, me dirijo a la habitación del niño. Está durmiendo. Es un niño dulce, como su padre. Mi Vick. Lástima que no sea mío. Sin embargo, todo lo que es de Vick pronto será mío. Te apreciaré, pequeño. Te abrazaré y te leeré. Pronto me llamarás madre, ya verás. Olvidarás que conociste a tu puta madre. Te va a encantar.

Su cueva de hombre en el sótano es pintoresca. Lo huelo en las almohadas. Presiono profundamente mi cara contra su futón, inhalando su olor tan violentamente que puedo saborearlo. Compruebo si hay algo nuevo en su computadora. Unas cuantas fotos nuevas guardadas de chicas en bikini y un cambio en la hoja de cálculo del presupuesto familiar. Bien. El dinero escasea y las facturas médicas se acumulan.

Tras husmear en unas cuantas habitaciones más, entro en el garaje. El coche de Kraya, mal estacionado como siempre, está en el hueco de la izquierda. Abro un pequeño cuaderno con fotos y notas que he encontrado en Internet.

La clave para cortar los latiguillos de los frenos no es cortar a lo loco, sino suave y lentamente. Abro el capó y utilizo los dedos para trazar los pequeños tubos de acero. Donde dos líneas se convierten en cuatro, hago una pequeña marca con un rotulador de pintura. El taladro hace ruido, pero nadie lo oye. Kraya y el hijo de Vick están en el país de los sueños y la niñera no volverá hasta dentro de 15 minutos.

De los pequeños agujeros empieza a salir un líquido rojo, de color aceite. El objetivo es hacer los agujeros lo bastante pequeños para que no se detecten, pero lo bastante grandes para que escupan líquido cuando se aplique presión. Como de costumbre, mi trabajo es impecable. También escondo un pequeño paquete en la cajuela. Un pequeño globo amarillo lleno de heroína de alquitrán negro, 2 agujas y una correa de goma para el brazo. La heroína y la parafernalia son nauseabundas.

Había pagado a un yonqui para que me la encontrara. Las agujas eran lo más aterrador. Quién sabe lo que se esconde en esas agujas. ¿Drogas? ¿Sida? ¿Bacterias? Los vagabundos me dan asco.

Salgo por la puerta lateral y me quito los guantes azules con un chasquido. La trampa está preparada. Ahora el cebo. La niñera vuelve más tarde de lo que espero, pero el plan seguirá funcionando. Cuando entra en el garaje, tiene el teléfono apretado contra la cabeza. Baja la ventanilla, tira una colilla en la entrada de Vick y apaga el motor. ¿Dónde aprendió este repugnante comportamiento? ¿Otros campesinos? ¿Hay alguna universidad a la que esta gente asista para aprender a ser una auténtica basura de caravana?

Espero a que terminen de comer. Mi tableta me proporciona un vídeo nítido de ellos alrededor de la mesa, comiendo en la silenciosa habitación. Cambio de vista con un barrido y me centro en Kraya. Toco su cara en la pantalla. "Tu vida está a punto de cambiar, campesina". Sonrío. "Hora de irse...".

Marco su número en mi teléfono. Utilizo una aplicación de enmascaramiento de números de teléfono para mostrar el número del hospital y la información del identificador de llamadas. Observo cómo levanta lentamente la cabeza cuando suena su teléfono móvil.

"¿Diga?"

"Hola, soy el ayudante Farren, del departamento del sheriff. Su marido ha sufrido un infarto y está en urgencias. Puede que no le quede mucho tiempo, así que, por favor, dese prisa...".

La campesina se anima. Lo más posible, en cualquier caso. Toma a su hijo por la muñeca y sale corriendo de la habitación. La niñera grita ahora, protestando por la capacidad de Kraya para conducir. Kraya ignora a la niñera, sujeta al niño en la silla del coche y sale volando del garaje.

Me adelanta por la calle. De repente me doy cuenta de que podría haberme convertido fácilmente en un daño colateral si perdía el control y golpeaba mi coche. La próxima vez tendré más cuidado. Pero no habrá una próxima vez, ¿verdad, Kraya? Siento que una sonrisa cruza mis labios.

CAPÍTULO CUARENTA Y SIETE

Espero que esté sollozando. Llorando tan fuerte en su celda que su compañera de litera le dé un puñetazo. Espero que la cárcel sea un asco. Vi cómo la sacaban de la cama del hospital después de que le dieran el alta médica. Aparte de algunos cortes, es la viva imagen de la buena salud. Oh, excepto que tiene problemas psiquiátricos y es adicta a la puta heroína.

Está en la cárcel municipal. Estoy a una llamada de su libertad bajo fianza. Puedo parar esto. Puedo detener su dolor transfiriendo dinero a un fiador. Unas pocas pulsaciones en una aplicación y una llamada de dos minutos y será libre como un pájaro. En lugar de eso, bebo. Bebo y reflexiono.

"Estará bien por esta noche, amigo", me dice Rob, consolándome. "Lo entiendo. Entiendo por qué estás furioso".

¿Furioso? Eso es una cosa. Otra es rabia y odio y desconfianza y violación y tristeza. Mucha tristeza. Mi mujer se droga y yo no lo sabía. Estoy muy avergonzado de no haberlo sabido. Me lo ocultó, decidió vivir una vida de soledad ebria en lugar de pasar tiempo con su hijo y conmigo.

Después de que la detuvieran, Rob y yo llevamos a Junior a casa de la niñera. Necesitábamos algo de tiempo para superarlo y unos cuantos cócteles más y asesoramiento jurídico estaban en el menú.

"Gracias por ayudarme, Rob. No estoy enojado; estoy furioso. No puedo creerlo. Es que... no puedo creer que me lo haya estado ocultando".

"Normalmente no salen y lo dicen, amigo. La gente con un problema tiende a ocultarlo. Kraya no era diferente. Probablemente estaba asustada, amigo".

"Debería estar asustada. ¿Sabes lo que esto le va a hacer? ¿Lo que nos va a hacer a nosotros?".

"No es tan malo como piensas, al menos no la parte criminal. Probablemente pasará algún tiempo en una sala de tratamiento hospitalario y saldrá en libertad condicional dentro de un mes".

"¿Cuál es la otra parte?"

Suspiró y bebió un sorbo. "Hizo daños bastante graves. Un coche, un edificio, señales; la lista continúa. Vas a tener que pagar por ello y el seguro no se va a hacer cargo".

"¡Mierda!"

"Por no hablar de los gastos legales".

Le fulmino con la mirada. "¿Tus honorarios?"

"No, no. No puedo aceptar tu caso, amigo. No es lo que hago. Civil es lo que se me da bien, pero no voy a hacerle ningún favor en un tribunal penal. Necesitará a alguien más cualificado. Este caso puede costar otros cien mil. Quizá otros cincuenta por los daños. El costo del tratamiento. La fianza, si alguna vez decides pagarla...".

Me bebo otra copa. Es el número cinco. ¿O son seis? Parece que no bajan lo bastante rápido.

"¿No crees que deberías tomarte con más calma el alcohol, amigo?".

"Es demasiado. No puedo pensar". Es curioso, puedo pensar. Lo que intento evitar es lo que pienso.

"Normal. Totalmente normal". Bebe más de su cerveza y sacude la cabeza. "Veo a clientes hacer esto todo el tiempo. Pero tómatelo con calma esta noche, hombre. Necesito que tomes grandes decisiones por la mañana". Desliza un paquete de formularios policiales y hospitalarios por la mesa. "Tienes que presentarlos mañana por la mañana y sacarla bajo fianza. No puede quedarse ahí encerrada para siempre, Vick. Al fin y al cabo, es tu mujer".

"¿Mi mujer? Ya ni siquiera sé quién es, Rob". Levanto el dedo índice, indicándole al camarero que me sirva otra copa en el lenguaje de signos del bar. Me dice que es la última devolviéndome el gesto de un dedo degollado, y me llena el vaso. "Los archivaré mañana, no te preocupes. Pero esta noche necesito tiempo para pensar".

"¿Quieres que pase por casa de Vanessa para ver cómo está tu pequeñín?".

"Por favor". Ahora noto el alcohol. No tan fuerte como para arrastrar las palabras, pero sí lo bastante como para suavizar el mundo. Gracias a Dios.

Me toma la mano y me la estrecha. "Lo siento. Esto es un asco. Simplemente apesta. Siento que te haya pasado esto, amigo".

Asiento con la cabeza. "Yo también".

"Toma un taxi a casa, ¿quieres?".

CAPÍTULO CUARENTA Y OCHO

La lluvia fría golpeaba mi chaqueta. No tomé un taxi. Tampoco conduje. Necesitaba caminar. Chapoteé en los charcos mientras serpenteaba por el centro de la ciudad, todo ello mientras Kraya estaba sentada en una celda en algún lugar, ociosa con un overol naranja rancio. ¿Qué estará pasando por su cabeza en este momento? ¿En qué está pensando? Mejor aún, ¿en qué estaba pensando?

Los coches pasaban a mi lado, lanzando olas a la banqueta. Todos parecían muy ocupados. Algunos hablando por teléfono, otros escuchando música. Algunos conductores despistados, mirando el parabrisas como si fuera una televisión. ¿Cuántos otros están atravesando una tragedia? ¿Cuántos de estos conductores sienten dolor? Probablemente no muchos. Todos parecen entumecidos y felices, sorbiendo café o cantando con la radio.

Llevaba caminando el tiempo suficiente para que mis pantalones estuvieran cargados de agua de lluvia. Un letrero de neón me atrajo a través de la descuidada carretera hasta la Taberna Paddy Whack, un lugar que parecía tan lujoso como un albergue para indigentes. Lo bueno era que había bebidas. Bebidas que necesitaba desesperadamente para entumecerme tanto como los idiotas que conducían a mi lado. Le pedí un cigarro a una chica gorda y de cabello corto que había delante. No sabría decir si era motera o lesbiana... o ambas cosas. Fumé, vaya si fumé. Me dio un Marlboro rojo y medio paquete de fósforos. Hacía demasiado tiempo que no fumaba una de esas cosas. Me dolían los pulmones de tan fantástica y familiar quemadura. Me quedé fuera con ella durante diez minutos, charlando y riendo bajo el pequeño toldo que nos protegía de la lluvia. Resoplaba cuando se reía, a veces lanzando pequeños anillos de humo por la boca. Desairé mi cigarro y entré después de que mi aliento supiera a escape de desbrozadora.

Pedí un bloody Mary, un café y unas alitas de pollo. Era lo bastante tarde como para querer cenar ya, pero no podía irme a casa todavía. El bloody sabía bien. El pollo no; todo eran alitas de goma y cuerdas. El café también estaba asqueroso, pero nadie viene a esta taberna a beber café.

Sorbí el sangriento y miré los documentos policiales. Leí el informe inicial y el análisis de drogas. Decía que "parecía estar intoxicada cuando la sacaron del vehículo". Los análisis médicos posteriores demostraron que estaba bajo los efectos de la heroína...". También encontraron "...una sustancia alquitranada consistente con el olor, la textura y el tacto de la heroína en la cajuela. Las pruebas de campo confirman la presencia de heroína. Agujas. Un torniquete de atar". ¡Santo cielo! Está todo aquí. Ha estado ocurriendo delante de mis narices.

Dejo el paquete de la policía sobre la maltrecha mesa de madera y avanzo en la pila de documentos. A continuación veo fotos de los daños. Un edificio, un poste de la luz, un coche estacionado y un buzón estaban a su paso. Ninguno sobrevivió. El informe calculaba cuatrocientos mil en daños, pero era la estimación de algún policía. Rob me dijo que solían hacer cálculos aproximados. En la pila había una carta de los servicios sociales. Mierda, nunca había pensado en los servicios sociales. Leí. Yadda, yadda, yadda, drogas en casa, bla, bla, bla, necesitamos realizar una inspección de la casa para evaluar la seguridad de su hijo o hijos, yadda, bla, bla. La madriguera del conejo se hacía cada vez más profunda.

Terminé mi bloody Mary y pedí otro a la camarera. Mi amable camarera me preguntó: "¿Qué celebramos?", con un dulce acento sureño que no es natural oír tan al norte. Sonreí como una idiota. A pesar de mi silencio, ella me devolvió la sonrisa y me dijo que volvería con mi bebida. Eso espero.

Pasé a otra serie de páginas del Departamento de Tráfico. En la parte superior de la pila había un formulario de confiscación de licencia y una solicitud de seguro. "Kraya Louise Miller, el estado de Minnesota le ha retirado el carné y permanecerá suspendido hasta la vista. Si tiene alguna pregunta, póngase en contacto con, bla, bla, bla".

Me apreté las sienes con los dedos y cerré los ojos.

¡Buzz! No miré. En lugar de eso, tomé mi bloody Mary recién hecho y le di tres tragos monstruosos. ¿Quién me enviaba mensajes? ¿Quién me enviaba mensajes esta noche? Precisamente esta noche. Miro el teléfono. Alexa Livingston. Estupendo. Justo lo que necesito ahora.

"Chateemos".

Le contesté: "Estoy en medio de algo, Alex. Te llamaré la semana que viene". Otro bocado de la cesta de alitas. Sí, igual de asquerosas que las anteriores.

¡Buzz!

"Hace meses que no hablamos. Me gustaría hacerte otra oferta".

Le di un sorbo a mi asqueroso café y respondí: "Es un mal momento".

Casi inmediatamente. ¡Buzz!

Decía: "$650.000".

Nada más en el texto, sólo esa cifra. La pantalla está borrosa. Necesito más café, pronto. Yo también estaba empezando a disfrutar de mi zumbido. Me doy una bofetada y le digo a la camarera que me traiga tres vasos de agua y otro café. Tengo trabajo que hacer, y Alex no me está ayudando.

"Hablemos la semana que viene, Alex". Ahora mismo no puedo dedicar más neuronas a esto.

Luego vino "$750,000"

De nuevo, sólo un número. Me pregunté cuánto más podría subir esta cantidad en dólares. ¿Podría llegar al millón?

"Oferta final, Vick".

Eso responde a esa pregunta. Volví a pasar las páginas a la hoja de daños y perjuicios. Te va a salir caro, Kraya. ¿Por qué has hecho esto?

Setecientos cincuenta mil dólares. Incluso son muchas palabras. *Siete. Cien. Cincuenta. Mil. Dólares.* Necesitaré al menos cuatrocientos o quinientos mil sólo para salir de este lío.

"Oferta final. Válida durante veinticuatro horas".

CAPÍTULO CUARENTA Y NUEVE

El punto rojo se mueve en el mapa. Vick está a unas calles de mí, ¡qué emocionante! Ha parado en esa taberna de mierda de la Cuarta. Pobre Vick. ¡Qué día! Yo me ocuparé de ti. Deja que te cuide yo. Seguro que también has bebido mucho. Mi pobre bebé está taaaan estresado.

Ahora, Alex, ya está. Envía la oferta. Estoy tan emocionada que apenas puedo ver. Escribo "Oferta final. Válida durante 24 horas". No se trata del dinero. Se trata del momento. Necesita algo ahora mismo. Necesita que alguien esté a su lado. Mi cuerpo es ese conducto. *¡Yo, Vick! A mí.*

Camino por el departamento, pasan 5 segundos, 10, luego 20. Ha pasado un minuto entero sin respuesta. Reviso la computadora y veo que sigue en el bar, en el mismo asiento. El punto brillante no se ha movido; se burla de mí, parpadeando, diciéndome que no.

"Vamos, cariño. Responde, por favor..." Estoy destrozada: pasan 5 minutos. ¿Me está ignorando? Espero - 20 minutos. *¿De verdad, Vick? ¿De verdad?* ¡Puedo darte tanto! ¡Puedo ser perfecta para ti! ¡Cede a tus necesidades, Vick! ¡Puedo hacer que tus problemas desaparezcan!

¡Buzz!

Él responde: "Hablemos".

Ya está. ¡Esto es de verdad! Para. Tranquilízate. Deja de moverte. Tranquilo, Alex, tranquilo. Respondo: "¿Mi despacho?"

Él responde: "Ahora no puedo, ¿qué tal mañana por la mañana? Digamos, ¿a las diez de la mañana?"

¿Por qué te andas con rodeos, Vick? ¿Por qué lo pospones? Es inevitable. Es perfecto. Somos nosotros. ¡Ja! Esto es tan nosotros. "Esa hora no es buena para mí. Estoy libre dentro de media hora durante 10 minutos. Luego tengo reuniones toda la noche y mañana por la mañana".

Tic tac. No me lo puedo creer. Vick, ¿tienes idea de lo emocionante que es esto? ¿Sabes cuánto tiempo he estado trabajando para crear este camino? El final del camino y el principio de un nuevo y hermoso viaje juntos. *¡Deja de moverte!*

No respondas. Nada. Pasan otros 5 agonizantes minutos antes de que vea algo. Pero no un mensaje, sino un parpadeo. El punto rojo parpadeante se mueve y mi ritmo cardíaco se dispara. El teléfono está ahora a unos centímetros de mi nariz.

¿Adónde vas, Profesor? Ya te veo.

"De acuerdo", me responde por fin Vick.

Aplaudo tan fuerte que mis paredes me devuelven el aplauso. ¡Mi corazón brinca! No me lo puedo creer. Viene hacia aquí. *¡Viene aquí!* ¡Funcionó! No soy muy bailarina cuando estoy sola, pero siento que mis pies retozan y mis brazos se agitan. Espera. *¡Para!* Tengo que prepararme. No hay tiempo que perder.

Me precipito al cuarto de baño y mis pies se detienen ante el lavabo. Los cajones se abren. Ahí está. Tomo la botella de agua y me meto en la regadera. Agua fría, luego caliente. Me sienta de maravilla en la piel. Así es como se siente uno cuando gana. ¡Siempre gano! Mi Vick. Ya viene. Lleno la botellita de agua y la introduzco. Aprieto la pera y el agua se pulveriza en mi interior.

Repito el proceso varias veces y me afeito las partes importantes. Lentamente, la cuchilla traza mi pubis. Necesito relajarme. Respirar. Si me corto no estaré perfecta. Respira. Aféitate. Exhala. Afeita. Enjuaga. También me rasuro las axilas, pero con cuidado. Se han curado bien, pero están un poco desiguales y piden una incisión de mi maquinilla de afeitar. Cuando termino de depilarme, me froto el jabón corporal de vainilla por todas partes, con cuidado de no mojarme el cabello.

Mi pie derecho resbala al salir de la regadera y me atrapo. *Más despacio*, Alex, es la hora de la verdad. Demasiado tiempo preparándome para dejar que pase algo ahora. Vigila tus pasos; cuenta hacia atrás desde 10.

Me limpio primero los hombros, luego los pechos y las axilas. A continuación, el vientre, la entrepierna y los muslos. La loción bombea frenéticamente desde un frasco dorado hasta la palma de mi mano. La extiendo uniformemente por todas las grietas de mi cuerpo. Rocío perfume en el aire, y lo atravieso mientras deriva suavemente hacia el suelo.

El champú seco crea una pequeña nube de partículas, suficiente para hacer brillar mi cabello. Esta noche los cabellos sueltos son mi enemigo. Entro en la habitación 9, desnuda y todavía chorreando. Me seco y me pongo el vestido rojo especial que tengo colgado en un rincón. Lo elegí para esta ocasión, el día en que poseo a mi Vick. El día en que él venga a mí. Esta noche será mío.

Es suave sobre mi piel. La piel de gallina me salpica los brazos y las piernas. Cierro la cremallera trasera y me pongo unas medias y unos zapatos altos. Me abrocho el liguero y me pongo ropa interior limpia. Me salto el sostén porque las tengo lo bastante firmes para hacer esto.

Me cruzo la clavícula con un collar ligero, sujeto por detrás con un broche. Hago gárgaras, me lavo los dientes y me paso un cepillo por el cabello. Me llama la atención. Al principio pienso que es una sombra, un reflejo. No. ¡No! ¡Una mancha en la mejilla! Un grano que sale a la superficie. Mierda. ¡Mierd!. Es horrible. ¿Qué voy a hacer? ¡Soy un monstruo!

Respira. Para. Deja de inquietarte y sigue el plan. Ya casi está. Arréglate el maquillaje y tápate esa cosa blasfema. Sigue el plan, cariño. Inhalo, cierro los ojos y exhalo. Una y otra vez, respirando con suave repetición. Sí. Sí. Ya está. Tomo mi corrector y deslizo el pincel por mi mejilla.

Han pasado once minutos. Pronto llegará. Ahora es un parpadeo en la avenida Walnut. ¿Quizá a 5 minutos? Hay mucho que hacer. ¡Lo canto! ¡Mucho que hacer!

Tenso las sábanas de la cama y recojo la ropa esparcida por el suelo. Ya está bastante limpia, pero esta noche necesito perfección. Sólo lo mejor para mi profesor. Vino. Yo también necesito vino. Saco el corcho de una botella de Merlot 1995 y el fino tinto se derrama en mi vaso. Lo necesito. Un sabor suave recorre mi garganta. Asombroso. Absolutamente asombroso cómo una bebida puede calmar mis nervios. No del todo, pero lo suficiente para respirar mejor.

El punto rojo se acerca. Ya se acerca al edificio. ¿Qué me queda? ¿Qué pasos tengo que terminar antes... antes... antes de que llegue? Sólo uno.

Tomo mi teléfono y le envío un mensaje: "Llego tarde, Vick. Por favor, pasa por mi departamento de la planta 44. Sólo tengo unos minutos".

Precioso. Perfecto. He recitado este texto cientos de veces. La combinación perfecta de palabras para crear una sensación de urgencia sin ser excesivamente agresiva.

Ven a mí.

CAPÍTULO CINCUENTA

Estoy empapado. No importa. A la mierda, hoy no importa nada. Kraya está en la cárcel y a mi hijo casi lo mata la zorra de su madre. La bebida corre ahora desbocada por mis venas: la sangre furiosa bombea a través de mí.

¿Puedo negociar otra cosa con Alexa Livingston, al menos hasta que consiga el divorcio? Seguro que sí. Le encantan mis nadadores. Quizá pueda conseguir otros cientos de G por otra muestra. Me río: "¡Muestra! Ja!" Qué broma.

La Torre Livingston es enorme. Mierda, es grande. Se me eriza el cuello al contemplar el edificio. Cientos de oficinas y departamentos diminutos, algunos con las luces encendidas, otros apagadas. La lluvia me golpea los ojos. Ya ni siquiera me la limpio, es una pérdida de tiempo. Ropa nueva, calor y una toalla son las únicas cosas que pueden arreglar esta profundidad de suciedad. Llego a la recepción y un apuesto asiático me devuelve la mirada.

"Tengo una cita con Alexa. Alexa Livingston".

"¿Sr. Miller? Por supuesto. Adelante, le llamaré".

Esta vez no hay escolta. Ni mayordomo. Todos se habrán ido a casa por hoy. No es molestia, creo que me estoy familiarizando con este lugar. Paso por delante de la gran recepción y encuentro los elevadores tras unos cuantos giros equivocados. Pulso el botón y una voz suena por el interfono. "Ya puede pasar, Sr. Miller. Gracias".

El elevador se pone en marcha desde algún piso más arriba. Tarda unos segundos, pero al final me recoge. Esos Bloody Marys estaban buenos. Debería volver allí. ¿Cómo se llamaba? ¿Crazy Pete's, o algo así? Da igual.

Las pesadas puertas doradas se abren en el pasillo de Alex. Me siento fuera de lugar. Esto está tan limpio, tan bonito, y yo estoy empapado, borracho y aquí para intentar sacarle otro montón de dinero a la hija del dueño. Quizá no lo he pensado bien. No, estoy aquí. Quizá ella esté... Alex abre la puerta de su departamento, dejando ver un vestido rojo y un par de piernas.

"Vick".

"Alex. Vaya. Yo también me alegro de verte. Quería..."

"Sólo tengo unos minutos, Profesor, pase por favor. Rápido. Tenemos que hablar".

Me hace pasar. Como de costumbre, está más limpio que una sala de operaciones. La puerta de su habitación está abierta, igual que la de su despacho. El armario con el seis en la puerta y el trastero están cerrados. Hay vino tinto sobre la mesa y un plato de queso y galletas a medio comer.

"Pasa, pasa". Hace una pausa, turbada. "¡Dios mío, Profesor, está empapado!".

"Sí, es una larga historia". Me pregunto a qué debo de oler.

"¡Debes de estar helado!" Parece preocupada, incluso frenética. Como una madre preocupada por su cachorro con gripe. Entra en el baño y reaparece con una toalla gruesa. Me envuelve con ella. Está caliente y es más suave que cualquier toalla que haya tocado antes.

"Gracias. Esto es maravilloso". Me aprieto la toalla contra el cuerpo. Ella toma un vaso vacío y lo llena de vino. Inclina la botella en mi dirección y me la ofrece. Acepto encantado. ¿Por qué no? No estoy conduciendo.

"¿Has aceptado mi oferta, Vick?". Se sienta en un banco con las piernas ligeramente abiertas, dejando ver la punta de un liguero de encaje sombreado.

"Quiero hablar de nuestro acuerdo anterior. No me siento cómodo con...". Me detuvo levantando una mano en el aire. Juntó las piernas y se puso en pie.

"Vick. No quiero hacer nunca nada con lo que no te sientas cómodo". Su mano se dirigió a mi mejilla. ¿Siempre ha sido tan susceptible? ¿O estoy borracho?

"Sí, sobre eso...

Borracho o no, recuerdo que tiene un fetiche con las interrupciones. Me pone el dedo en los labios. "Shhhh, Vick...". Su dedo se desliza de mis labios a mi barbilla y continúa hasta mi mano. "¿Con qué te sientes cómodo, Vick? Tus sentimientos son lo primero".

"Estoy dispuesto a intentarlo de nuevo, pero no...". Levanto un par de dedos en comillas al aire- "directamente. Me... me parece mal. Estoy casado y creo que...".

Sus labios lo detienen todo. Almohadas mullidas de sensualidad contra mí. Mis ojos se abren de par en par y siento el ardiente deseo de arrancarle la ropa y cogérmela sobre el mostrador. No por una estúpida muestra, sino para satisfacer esta lujuria de borracho. El ángel y el demonio de mi hombro vuelven a discutir. Su lengua se desliza entre mis dientes. Delicada y húmeda, baila y chasquea. Mi ingle se endurece contra mis boxers mojados.

El ángel gana y está tan sorprendido como yo. La empujo hacia atrás, sacándonos bruscamente de este trance. Alex parpadea, confusa y un poco decepcionada. Me la limpio de los labios con una manga húmeda.

"Lo siento, Alex. Yo... no puedo hacer esto".

Necesito irme. Mierda, cómo lo hago. Esto se ha convertido en algo que no debería. Ha ido demasiado lejos. ¿Qué estoy haciendo? ¡Mierda! Espera, ¿qué estaba haciendo? Tengo que irme. Esto es... esto es... es demasiado para manejarlo. Tengo que ocuparme de Kraya antes de irme y empezar una aventura con la chica rica de al lado. Oh, mierda. ¡Kraya! Casi se me olvida que está sentada en una celda en alguna parte. Antes de que empieces a ponerte triste, recuerda que casi mata a tu hijo, amigo, ¿recuerdas? Mierda. *Mierda*. Ahora me acuerdo. Necesito más alcohol. Necesito irme y necesito más bebida.

Sin palabras, me giro para dirigirme hacia la puerta. Podemos hablar de esto otro día. Un día más cálido, menos lluvioso y sobrio. Entonces lo oigo. Un sonido chirriante y agudo que me desgarra las entrañas. Lo siento en lo más profundo de mi estómago. Odio este sonido.

Me giro hacia Alex, que se ha desplomado sobre la encimera, llorando sobre una servilleta. Hace una pausa, apura el vino, respira dos veces apresuradamente y vuelve a llorar.

"¡Vete, vete!", grita desde detrás de la servilleta. El rímel le corre por las mejillas.

"Lo siento mucho. No eres tú. De verdad. No puedo hacerlo. Sigo casado", le digo mientras señalo mi anillo.

Levanta la vista de su postura encorvada. "Te he presionado demasiado. (Resopla) Demonios, he puesto demasiada presión sobre mí. Quería tanto a ese bebé...". Vuelve a llorar. Mis pies me llevan hasta ella sin pensarlo. La rodeo con un brazo consolador e intento alejar su dolor.

"Vete, Vick. A mí nunca me va a pasar. Tengo que aceptarlo".

Lágrimas cálidas se derriten en mi camisa mojada. La abrazo con fuerza. Su espalda sube y baja con respiraciones tartamudeantes y sollozantes. Aprieto su cabeza contra mi cuello y le susurro: "Todo va a salir bien, Alex. Aún no me voy a ninguna parte. No se ha acabado. Puedo volver a intentarlo tantas veces como haga falta...". El llanto de una mujer es mi talón de Aquiles, mi criptonita. Es una mierda cuando el tren de las lágrimas empieza a tronar por la línea.

"¿Seguirás intentándolo?" Surgen unos ojos vulnerables y húmedos. Parece joven. Inocente. Algo que no había visto en ella. Se limpia la mejilla, emborronando una larga línea de maquillaje en su rostro.

"Claro que seguiré ayudando...". Por favor, deja de llorar. Por el amor de Dios, mujer, por favor, deja de llorar. La acerco más, en parte porque soy un buen tipo, y sobre todo porque puedo sentir su calor a través de esta ropa tan fría. Su cabeza, que hace un momento estaba enterrada en mi pecho, se desliza lentamente hasta mi cara. Sonríe, con las mejillas relucientes y la inocencia en los ojos, y vuelve a acercar sus labios a los míos.

CAPÍTULO CINCUENTA Y UNO

Unos labios suaves se unen. Es deliberado y suave. Se siente bien sentir algo. Lo detendré, necesito detenerlo. Pero todavía no. Todavía no. Me siento bien y hacía mucho tiempo que no me sentía tan bien. No nos movemos, nuestros labios se congelan juntos. Siento una lágrima cálida caer de su nariz a mi mejilla.

Mi matrimonio está destrozado. ¿Qué más tengo que perder? *A la mierda.*

Su cuerpo menudo es ligero y fácil de agarrar. Le rodeo el cuello con la mano y atraigo su boca hacia la mía. Las lenguas se deslizan y juegan mientras las agresivas yemas de los dedos me arañan la piel. Deslizo las manos por su espalda, piel hipnotizadoramente tensa y suave.

Mi mente está ocupada -*¿Qué estás haciendo? ¡Espera, vaquero! ¡Tengo que detener esto antes de que vaya demasiado lejos!* Me retiro y nuestros ojos parpadean.

Su mano envuelve mi muñeca, guiándola entre sus piernas a través de la abertura de su vestido. El calor irradiado y la ropa interior de seda se encuentran con mi palma. Se me abre la boca y se me abren los ojos. No puedo pensar con claridad. Mi dedo se detiene y tiembla en los labios húmedos tras sus bragas. Aprovechando la oportunidad, Alex vuelve a deslizar la lengua en mi boca abierta y utiliza la mano izquierda para apartar las bragas.

Unos pliegues resbaladizos y cálidos aferran mi dedo mientras se desliza en su interior. Estoy fuera de foco, en un sueño que no puedo controlar. Demasiadas noches solitarias y fantasías, fantasías sobre ella. Siento que me endurezco cuando ella me agarra el bulto por fuera de los pantalones. Su vagina palpita en mi dedo mientras entra y sale. Se levanta inesperadamente, sacando mi dedo húmedo de su interior.

Da un suave paso atrás, radiante. Un brazo bronceado y frágil desliza el tirante de su vestido desde un delicado hombro. El vestido cae al suelo con un ruido sordo. Su mano vuelve a tocar la mía, arrastrándome hacia el dormitorio.

Debería parar, no es demasiado tarde. ¡Vamos! ¡Despierta, hombre! Tienes que... Me desplomo en la cama y ella está sobre mí, sentada en mi regazo antes de que pueda objetar nada. Una objeción que deseaba tanto hacer que no dije nada. Siento que se retuerce contra mi entrepierna, deslizando su suave ropa interior de un lado a otro sobre mis pantalones. Mis manos acarician sus pechos y ella me mordisquea suavemente la oreja.

Mi cremallera se desliza hacia abajo, sustituida por una mano que se desliza. Piel y dedos se deslizan tiernamente sobre mi eje desnudo. Las palmas se deslizan rítmicamente, subiendo y bajando por mi chico. Alex me susurra al oído. No puedo oírla, pero siento su aliento. Me besa de nuevo. Más lengua. Más agresiva. Me quita la camisa pegajosa y húmeda de la espalda. Siento escalofríos en la piel cuando el aire frío choca con la humedad. Sus pechos se encuentran con los míos y el calor florece de las tetas al pecho.

Le devuelvo el beso, deslizándole la descuidada pasión de borracho que llevaba deseando demasiadas noches. Ahora hace ruiditos. Esos ruiditos sensuales y agudos que estallan involuntariamente cuando se acaricia un pezón o se chupa un dedo de la forma adecuada. Las piernas furiosas me mueven los pantalones de un lado a otro, liberándolos por fin de la cintura. Los bóxers mojados se deslizan por mis piernas. Le sigo, arrancándole la ropa interior más allá de los muslos. Es pequeña, delicada y elástica, y se quita con un chasquido.

Está encima de mí, echándome mechones de cabello en la cara. Su mano sigue agarrando mi contorno y me coloca en posición. Se levanta y aprieta su vagina contra mí. Entro, pero sólo la punta. Un placer suave y apretado desde la punta. Se levanta de nuevo y vuelve a deslizarse hacia abajo, esta vez más. Es sedosa y ceñida, y sigue presionando más. Ahora me besa más allá de la cabeza, levanta la cintura y vuelve a empujar hacia abajo. Su elástico me aprieta como un puño. Hundo el último trozo de mí en su humedad.

La presión aumenta. Sus pechos rebotan lentamente con el subir y bajar de su cuerpo. Cierro los ojos. Olores de sexo y perfume llenan mi nariz. Estamos el uno dentro del otro, su lengua en mi boca, mi pene enterrado dentro de ella. Me concentro en el placer rítmico, en su relleno cremoso acunando mi pene. Arriba y abajo. Adelante y atrás. Aumenta la presión. Cada vez estoy más cerca. Sus labios vuelven a tocarme la oreja. Esta vez oigo el susurro. Ya casi ha llegado. Se balancea más deprisa, rechinando contra mi pelvis. Palpitante, aprieto los puños y me contengo unos instantes más, hasta que vuelvo a oírla pronunciar esas palabras mágicas. Lo grita, clavándome las uñas en el pecho. "¡Me estoy viniendo!"

Estallo de placer mientras sus paredes se estrechan a mi alrededor. Nos apretamos, abrazados mientras nuestros cuerpos estallan y sufren espasmos. Gemidos, unos míos y otros suyos. La siento chorrear por mi pene mientras las endorfinas y las chispas comienzan a desvanecerse.

Agotada y temblorosa, cae sobre mi pecho. Siento su respiración contra mi estómago. Yo también estoy sin aliento. Estamos resbaladizos de sudor y mojados. El departamento vuelve a estar en silencio. Sólo oigo nuestra respiración agitada y algunas sirenas a lo lejos.

CAPÍTULO CINCUENTA Y DOS

Mi teléfono sonó desde algún lugar cercano. Lo tomé, pero fallé con la mesa. Volví a intentarlo, agitando la mano a ciegas para encontrar el maldito cacharro sin resultado. Abrí un ojo y me di cuenta de que la mesa no estaba allí. Tampoco estaba durmiendo en mi futón. Entonces abrí los dos ojos, revelando el sereno dormitorio de Alexa Livingston.

Mieeerda. Los recuerdos relampaguean y de repente lo recuerdo todo de anoche. Kraya. El accidente. La heroína. Los bares. El alcohol. Más alcohol. Aún más bebida, y entonces... ¡Mierda!

Me incorporé y descubrí que seguía desnudo bajo el mullido edredón blanco y el asalto de almohadas interminables. Alex no estaba por ninguna parte, gracias a Dios. No sabría qué decir. Tomé el teléfono de una mesa auxiliar que estaba más lejos y era más alta que la mía en casa. Desbloqueé la pantalla y encontré varios mensajes nuevos.

Mensaje de texto de Rob: "Hola, amigo. Le eché un vistazo a Junior por ti. Está bien. Se va a quedar con tu niñera".

Siguiente mensaje de texto de Rob: "¿Qué te pasó anoche?".

Otro mensaje de texto de Rob: " ¡Oye! Llámame cuando puedas. Aún tenemos que resolver lo de la fianza, como esta mañana".

Los borré y revisé si había otros mensajes. Nada importante. Sólo encontré un dolor de cabeza que no cesaba y la vejiga llena. Mi ropa no estaba por ninguna parte. Encontré una toalla de baño en el suelo que probablemente se había utilizado para limpiar Dios sabe qué, me la envolví alrededor de la cintura y empecé a explorar. Empujé despacio la puerta de su habitación y vi una mesa estrecha al otro lado de la puerta. Sobre la mesa: un montón de ropa y un sobre, junto a un termo y una botella de agua. Abrí el sobre.

Vick... ¡Qué noche tan maravillosa! No te preocupes, nuestro secreto está a salvo. He lavado y secado tu ropa y te he preparado café. Hoy tenía unas reuniones temprano, así que no volveré hasta la hora de comer. Por favor, siéntete como en casa. Si el café no está caliente, por favor, prepara más. Ah, y tómatelas enseguida con una botella llena de agua para combatir la resaca. -Alex

Saqué dos pastillas del sobre y me las metí en la boca, luego las ahogué con el café tibio del termo. Del sobre también cayó un cheque. Un cheque escrito a mi nombre por setecientos cincuenta mil dólares con letra azul curvada. Me olvidé de mi dolor de cabeza. Me olvidé de Kraya, de la fianza, de Rob y de la toalla manchada de semen. Me olvidé del sexo con la heredera y perdí de vista mi preocupación por mi hijo durante un minuto entero.

Nunca había guardado tanto dinero. Bueno, de todas formas nunca he tenido tanto dinero propio. Mis problemas legales con Kraya están resueltos. El negocio volverá a crecer y podré permitirme el divorcio y un buen acuerdo con la mentirosa y heroinómana de mi mujer. Oh, Kraya, ¿cómo pudo pasar esto? Dejé caer la toalla en el salón de Alexa y me puse ropa limpia. A juzgar por la etiqueta amarilla grapada del ojal, la habían lavado en seco.

El café está frío, así que sigo su consejo y preparo otra cafetera. Me siento en la barra mientras se prepara, con la vista fija en la cuenta. También me llaman la atención algunas fotos.

Mi extraño clon reflejado, su ex marido, me mira desde una pared lejana con una sonrisa tonta y familiar. Observo unas cuantas fotos más en una pared adyacente. Alexa abrazándolo junto a la Torre Inclinada. Otra riéndose en un restaurante. Estamos en todas partes.

No siento remordimiento por lo de anoche, en absoluto. Sin embargo, hay algo ahí, algo de temor escondido en ese lugar cálido de mi estómago. O quizá es que me arrepiento de no sentir arrepentimiento. He tirado el café viejo y frío y lo he sustituido por el nuevo. Está muy caliente y delicioso. Avellana gourmet o algo así. Apuesto a que cuesta más por gramo que la cocaína. Continúo mi recorrido por su casa, mirando a mi doble mientras paseo. Es una absoluta mierda mental. No puedo dejar de husmear, caminando de habitación en habitación, mirando a este tipo. Aquí hay una suya en el centro comercial, riéndose. Otra con ella en un museo. Otra allí en una alberca, bebiendo martinis. Está en buena forma, lo cual está bien porque estoy haciendo un cumplido a un espejo. Su traje de baño parece incluso de diseño. Me pregunto cuán rico era este tipo. Me pregunté... esperé. ¿Qué es eso?

Capto algo. Arranqué un marco de la pared, el clavo cayó al suelo como una ruidosa víctima. Rocé el cristal con los dedos y deslicé el cuadro bajo una lámpara cercana. ¿Qué demonios es esto? No. No puede ser. La coloqué bajo la luz, volví rápidamente a la foto de los dos en el océano y también la arranqué de la pared. Las coloqué una al lado de la otra bajo la lámpara.

Mi taza se hizo añicos contra el azulejo. Estoy temblando. Tiene mi cicatriz. *¿Mi cicatriz?* ¿Cómo es posible? Mi herida de bala en una foto, mal disimulada en la otra. Me metí el cheque en el bolsillo y corrí hacia la puerta, la abrí, corrí a través de ella y di un portazo lo bastante fuerte como para que resonara. Pulsé repetidamente el botón de llamada del elevador. *Clic, clic, clic, clic, clic - ¡Vamos, vamos!*

La foto de Francis tiene una cicatriz en el hombro, la otra foto no. En su lugar, tiene un círculo borroso sobre el hombro, lo suficientemente bien difuminado como para pasar casi desapercibido. Esas imágenes no son de su ex marido. Son fotos mías.

CAPÍTULO CINCUENTA Y TRES

Es hermoso cuando duerme. No pude ni pegar ojo, ni siquiera un momento. Estuve acostada toda la noche, observando el subir y bajar de su pecho con el olor de nuestro sexo aún fresco en sus poros. Las cosas en las que nunca me había fijado de él lo hacían aún más perfecto ahora. Sabía que murmuraba en sueños, pero nunca supe lo que decía. Soy capaz de inclinarme hacia él, con la oreja casi rozando sus labios de felicidad, y escuchar su voz silenciosa y preciosa mientras habla.

Contaba los cabellos rizados de su axila y apretaba mi cuerpo contra el suyo durante horas. Supuse que se despertaría sobre las ocho u ocho y media, su horario normal, así que le preparé café y un paquete de cuidados para cuando se despertara. Me hizo falta mucha fuerza de voluntad para dejarlo.

Ahora espero, en la habitación 9. Lo observo en mi habitación desde las cámaras y los monitores. Lo he visto dormir y ahora tengo la bendición de verlo empezar a despertar. ¡Estimulante! ¡Emocionante! ¡Qué emoción! Sin embargo, aún quedan piezas del plan. Concéntrate en el premio.

Debería bañarme, pero la idea de evacuar su semilla es una ofensa. Su sudor y sus fluidos aún están sobre mí y dentro de mí. No creo que vuelva a bañarme nunca. ¿Volveré a bañarme alguna vez? En serio, ¿me atreveré a limpiarlo de mis orificios y de mi piel? Mierda, no he pensado bien esta parte. ¿Cómo podré volver a limpiarme y mantener su olor fresco en mi piel? Concéntrate.

Ahora está despierto, disfrutando de su café en mi departamento. Así es como debería ser. Debería despertarse aquí todos los días. Parece feliz y contento. Parece enamorado. Después de lo de anoche, no puedo imaginar que no lo esté. El cheque también es un buen detalle. Tengo que mantenerlo contento, y mantenerlo alerta. Necesito que asocie mi cuerpo con el placer, la riqueza y la felicidad. El plan funciona. Estoy recableando su mente. Pronto, amor, pronto serás mío para siempre, como habíamos planeado.

¿Qué es esta sensación en mi vientre? ¿Cómo puedo sentirme apagada cuando mi Vick está dando vueltas por el departamento? Fisgonear es una palabra terrible, sobre todo cuando amas a alguien. ¿Aprender es una palabra mejor? Sí. Está aprendiendo más sobre mí a través de mis posesiones. Quizá esté anidando y sintiéndose como en casa. ¿Está haciendo planes para casarse conmigo y pasar una vida aquí?

¿Qué estás haciendo ahora, mi conejito curioso? ¿Qué estará haciendo quitando esa foto de la pared? Debe de estar mirando mi bikini. Elegí ese traje de baño sólo para ti, amor. Lo elegí por encima del de una pieza verde y dorado que me dijeron que quedaba "fabuloso". Espero que lo disfrutes... Espera, ¿qué pasa, cariño? ¿Qué haces?

El vídeo de la puerta le muestra paseándose, mirando furiosamente a un lado y a otro de las fotos. ¿Qué pasa, cariño? ¿Qué te pasa? Su café cae al suelo. ¡Mierda, mierda, mierda! Tengo tantas ganas de salir de esta habitación y abrazarlo y besarlo y acurrucarlo y abrazarlo y decirle que no pasa nada, que sea lo que sea, ¡todo va a salir bien! Mi corazón estalla con latidos irregulares.

Se escapa de mi vista. Lo sigo por las cámaras hasta el elevador. ¿Se marcha? ¿Adónde va? Necesito saberlo.

Desbloqueo la habitación 9 desde dentro y corro hacia el elevador. Veo una luz naranja que se desploma cuando las puertas se cierran. ¡Maldita sea! ¡No lo atrapé! Pulso frenéticamente el botón de llamada y espero. Y espero. Y espero. ¿Adónde va? Tomo el teléfono y abro la aplicación de rastreo. Dice que está en el departamento. Mierda, ¿se olvidó el teléfono?

Por fin se abre la puerta del elevador y entro a toda prisa, pulsando el botón con el puntero pintado. Tengo que llegar a mi coche en el garaje de la tercera planta antes de que se vaya. Tengo que seguirlo utilizando el GPS de su coche, no su teléfono. Maldita sea, ¿qué pasa?

CAPÍTULO CINCUENTA Y CUATRO

¿Por qué iba a tener fotos trucadas mías en su departamento? Es demasiado para que mi mente resacosa lo descifre a estas horas de la mañana. Antes de descifrar este asunto de las fotos de Alexa y la tormenta de mierda, tenía que hablar con Rob y la niñera. Va a ser una mañana muy ajetreada intentando averiguar qué hacer con mi esposa carcelaria.

Tras palparme el bolsillo me di cuenta de que estaba vacío. Como un ninja presa del pánico, miré en los demás bolsillos. Nada. *Mierda, lo dejé en su casa.* Me giré por el pasillo y tomé el siguiente elevador. Está ocupado, pero al final aterriza y me recoge. Pulso su planta e introduzco uno-uno-tres-cero. ¡Lotería! No lo ha cambiado. ¿Tendré que explicarle alguna vez por qué rompí una taza de café en su piso y me fui?

El aroma de cuerpos desnudos, café y sexo persistía. Corrí por el pasillo hasta su dormitorio y recuperé el teléfono.

Al llegar a la puerta principal, algo me llamó la atención. La pequeña habitación, a un lado, estaba abierta. Nunca había estado abierta. Me detuve a medio camino, con la mano aún en la manilla de la puerta. La solté, me acerqué a la puerta con el número seis en la cara y la abrí más. No había ni un rayo de luz natural, así que mis ojos tardaron un momento en adaptarse. Mis dedos buscaron a tientas el interruptor de la luz para encenderla.

En la pared del fondo había montadas innumerables pantallas. Cada una de ellas mostraba una vista diferente en pantallas divididas. Parecía un extraño y desordenado centro de mando. Ladeé la cabeza y reconocí lo que estaban viendo. *Mi casa. Mi garaje. Mi cuarto de baño.* Todo. Literalmente, todas las vistas perceptibles de mi casa estaban vigiladas desde aquella extraña habitación. Agarré uno de los muchos ratones que había en el escritorio para navegar por las pantallas de las cámaras. Mis alquileres también estaban vigilados. ¿Había estado vigilando a mis inquilinos?

Me temblaron las manos y solté el ratón. La pared opuesta estaba cubierta, del suelo al techo, de fotos. Imágenes mías. Fotos mías cruzando la calle, riendo, durmiendo, en clase, en la secundaria, en el gimnasio. Desnudo. Vestido. Cientos de fotos. Otras, también, con Kraya, tachada con una X maníaca, tallada a mano en la cara. Muchas docenas, quizá incluso cien o más.

Un maniquí llevaba una copia impresa de mi cara pegada burdamente a la cabeza. Mi vieja chaqueta de cuero, mi reloj y mi camiseta colgaban de su cuerpo de plástico. El Rolex que me regaló también estaba allí. Una colección de mis antiguos carnés de conducir, notas manuscritas, preservativos y otras cosas que reconocí también estaban allí, brillantemente iluminadas en cajas sobre pedestales. Éstas son mías. Todas estas cosas son mías. Las vendí por Internet el año pasado. *Alexa las compró, maldición.*

También había unas cuantas sillas y un colchón, escondidos en un rincón junto a una mesa. La cama tenía sábanas manchadas y brillantes, y las sillas estaban adornadas con cuchilladas y marcas de quemaduras.

Sobre la mesa, consoladores. Demasiados para contarlos. Grandes, pequeños, negros, rojos y blancos. Junto a la caja de consoladores había una caja de medicamentos. Fármacos en varios frascos de color naranja. Cremas, pastillas, líquidos y aerosoles. Analgésicos, antidepresivos y estimulantes, por Dios. Tomé una esfera de pastillas de aspecto familiar y la abrí. Un paquete de píldoras anticonceptivas. En el dial circular faltan todos los días excepto ayer y hoy. Le doy la vuelta y veo el nombre de Alexa en el paquete.

Me mareo. Tengo que salir de aquí. Miro los monitores por última vez mientras salgo. En la pantalla del fondo veo a alguien. Alguien de pie. No, no, de pie no, esperando. Alguien está esperando con los brazos cruzados. ¿Dónde está? ¿Un alquiler? No. No lo es. No es de alquiler ni mi casa. Ahora la reconozco. Es Alexa. Alexa Livingston está fuera de esta misma habitación.

Me está esperando.

CAPÍTULO CINCUENTA Y CINCO

"Deberíamos hablar, Profesor", dice Alex.

"No hace falta que me lo expliques, Alex. Voy a irme y fingir que... fingir que nunca he visto nada de esto". Siento como si alguien apagara las luces de mi cráneo. Tengo que largarme de aquí. ¿Quién eres, Alexa? ¿Quién mierda eres? ¿Qué es ese santuario tuyo? Mis piernas se tambalean mientras camino, alejándome de ella hacia la cocina.

"Ahora no es tan sencillo, Vick".

Ella sonríe y me dice que me siente. Que ella me lo explicará todo. Avanzo por la cocina y tomo el cuchillo más grande y más malo de su bloque y se lo enseño. "Algo te pasa, Alex. Algo va mal. Necesitas ayuda, Alex".

"¿Ayuda? ¿Como un terapeuta? ¡Ja! No vuelvas a decirme que la vea, cariño". Un breve estallido de risa inesperada en mitad de la frase - "...lo siento, amor. Pero eso hiere mis sentimientos".

Sacudo la cabeza, no para darle la razón, sino porque está claro que le faltan unas cuantas hojas para llegar a la meta.

"Deja eso y hablemos", dice Alex, señalando el mostrador.

No. Nada de eso. Camino detrás de ella, dirigiéndome a la puerta. No está asustada, ni lo más mínimo.

"Te apuñalaré, maldita sea, si te acercas, Alex. Te lo digo en serio. Me voy..."

"Vamos, Profesor...". Se puso delante de mí y se acercó, y se acercó, y se acercó con esa sonrisa. "Tenemos tanto de lo que hablar".

Sonriendo. Siempre sonriendo...

CAPÍTULO CINCUENTA Y SEIS

Pude agarrar el cuchillo, pero cayó demasiado deprisa y demasiado fuerte para que yo pudiera frenar su caída. Me siento fatal. Su cabeza golpeó el suelo con tanta fuerza cuando lo aturdí. ¿Sabes cuánto he trabajado para esto? ¿Lo sabes? ¿Lo sabes, Vick? Deja de moverte. Para. Para. ¡El plan está jodido! ¡Jodido! Tal vez no. Quizá pueda arreglarlo. Deja de moverte. ¡Está aquí mismo! El que tanto te has esforzado en conseguir está delante de ti... ¿y me dices que el plan se ha jodido? ¿De qué estás hablando? Es perfecto.

Tengo fuerzas suficientes para arrastrarlo hasta la cama y atenderle el chichón de la cabeza. Gracias a Dios por el Pilates y los ejercicios de piernas. "Ya estoy aquí, cariño. Shhhhhh. Ya estoy aquí. Te despertarás y estarás mejor". Uso bolsas de hielo y vendas para mantener baja la hinchazón.

Sus venas son perfectas para las agujas. Hago rebotar el dedo en una grande y jugosa de su antebrazo y le clavo la aguja en la vena. Sólo es morfina, lo justo para que se sienta mejor, más feliz y también más relajado. Justo lo que necesita ahora.

Tarda veinte minutos en despertarse. Sus ojos ya no están asustados y alerta. Son suaves y apacibles, como su mente. Bien, Vick. Disfruta de las drogas. Te harán sentir mejor.

" ¿Queee... qué pasó?", dijo.

"Te caíste. ¿Tal vez por la excitación? Estabas muy nervioso".

"¿Lo estaba? Espera... yo... ¿qué me estás haciendo?". Tironea contra las correas que le sujetan los brazos y las piernas. Utilicé correas de hospital comunes, de cuero marrón claro. Las encargué hace años con otro fin. Funcionan tan bien como entonces. Como nuevas.

"Shhh, Vick, relájate", le dije. "Necesitas descansar".

"¿Cómo diablos voy a relajarme si estoy atado a tu cama? ¿Qué haces?" Se agita inútilmente con la mirada de pánico en la frente otra vez. Es doloroso ver así a alguien a quien quieres.

"Víctor Miller, cálmate...". ¿Por qué lo regaño? Amor mío, ¿me perdonas? "Necesitarás más si queremos mantener una conversación civilizada". Saco el tapón de la jeringuilla con los dientes. Se retuerce un poco, pero encuentro una vena con facilidad. Introduzco más jugo en su torrente sanguíneo. Sus brazos, ansiosos, se ralentizan y sus ojos se entrecierran. Está colocado, tranquilo y frío. "Ya está bien, Vick. Tenemos que hablar. ¿No estás de acuerdo?"

"Ummm, sí. Mmmmgmmm".

Siento que la felicidad se desliza por los pliegues de mi cara. Bien: está consciente y puede hablar, pero murmura, señal inequívoca de que ya está harto de esto. Dejo la aguja y la vuelvo a meter en el cajón.

"¿Vick? Cariño... Ya lo sabes casi todo". Inclino la cabeza tímidamente. "Es pronto, pero nos arreglaremos. No se suponía que te enteraras así. Se suponía que iba a ser diferente. Pero... Pero podemos improvisar, ¿no?". Él asiente. Cierra los ojos un momento y vuelve a abrirlos.

"Nosotros... bueno...". Hago una pausa. No puedo creer que haya llegado el momento. Ya estamos aquí. "Simplemente lo diré. ¡Estamos destinados a estar juntos, Vick! El sol y la luna, los dioses, todo apunta a que estemos juntos. Cada tejido de mi ser se siente atraído por ti. Es la forma más elevada de adulación, ¿sabes?".

"Halagado", dice Vick.

Parpadea. ¿Eso era sarcasmo? ¡Qué gracioso eres! "Tienes varias opciones, Vick. Una, volver a tu vida normal. Haz como si esto nunca hubiera ocurrido, o...". Apenas puedo contener el regocijo y la expectación. "...puedes elegir estar conmigo. Has compartido mi cuerpo y tenemos secretos y confianza. Somos perfectos, Vick".

"Pero no... no lo sé. Yo... yo... quiero... mmmgmmm".

"¿Qué necesitas? ¿Qué quieres saber? Soy toda tuya".

"Todo lo demás..." Sonrió. "...y déjame libre".

¿Eran las drogas? ¿O es que ahora ve las cosas con claridad? Me ve con claridad. Seguro que sí. Santo cielo, está volviendo en sí. "¿Todo lo demás? ¿Puedes concretar?"

Vick se desmayó. Mi dulce, dulce dormilón. Le canto y le acaricio la frente. "Estrellita dónde estás, me pregunto quién serás".

No te preocupes, cielo. Estaré aquí cuando te despiertes.

CAPÍTULO CINCUENTA Y SIETE

Cuando abro los ojos, Alex está acostada a mi lado, sonriendo de oreja a oreja. Me siento como si fuera el blanco de una broma de mierda y... estoy confuso, quizá olvidadizo. Maldita sea, ahora me acuerdo. Me dio una dosis. Me cuesta mantenerme en la realidad. Mi mente va y viene, de la habitación a la cama, de la cama a las nubes y de nuevo a la cama. Malditas drogas. No sé si es asombroso o aterrador. ¿Quizá las dos cosas? Definitivamente las dos cosas.

"Buenos días otra vez, dormilón", susurra Alex.

Aún tengo las manos atadas. Ataduras de cuero, de las que he visto en lugares para locos. O quizá lo vi en una película. Hace tiempo que no voy a ver una buena película. El otro día vi un avance de esa película de acción con, mierda, ¿cómo se llama ese actor? ¿Kenneth? ¿Keith? Dios, tiene una voz estupenda... Mierda, tengo que pensar y mantener la cordura. Estas drogas son fuertes.

"Buenos días. ¿Qué pasó? Me cuesta recordar". Tengo que hacerla hablar. Distraerla.

"Querías saberlo todo. Bueno..." Abre mucho los brazos y sonríe como una colegiala. "Soy un libro abierto. Soy toda tuya. ¿Qué quieres saber?

"Empieza por el principio. ¿Cómo empezó todo esto?" Jalo lentamente de mis muñecas. Hay cierta holgura en el cuero. Puede que haya suficiente holgura para deslizar mi mano hacia fuera. ¿Pero entonces qué? Me atrapará antes de que pueda liberar la otra mano. ¿Entonces más drogas? ¿De vuelta a las nubes hasta que vuelva a despertar?

"Desde el momento en que te vi, te amé. No sólo amor, Vick, una comprensión profunda y apasionada del amor. Te deseo. Te anhelo. Me obsesiono con tu propio nombre. Pero todos mis intentos fracasaron. Intenté llamar tu atención, pero esa puta esposa...". Se detiene, se tapa la boca con la mano y continúa "...Lo siento, no quiero ofenderte, pero la hija de puta de tu mujer se interpuso. Se suponía que te encontrarías conmigo. Se suponía que nos íbamos a enamorar; nunca iba a ser ella".

¿Tengo los ojos bizcos? Intento prestar atención a sus palabras. Divaga sobre Kraya durante unos minutos. La llama zorra y campesina. Aunque tampoco estoy contenta con ella, me fastidia oírselo decir a otra persona.

"¡Mi plan era perfecto! Bueno, al menos hasta esta desviación...". Los dedos de Alex se deslizaron por mi mejilla. "Al principio, te observaba. Quería sentirme cerca de ti. Pronto no fue suficiente. Necesitaba verte en todas partes, incluso cuando trabajabas. Cada día, cada día, aprendí a quererte más. ¿No es increíble, Vick?".

"Mmmmmhmmm". Presta atención, amigo. Mantente alerta. Suena como esa canción de A-ha, ¿verdad? ¡Atácame! ¿La del vídeo esbozado y la increíble introducción?

¡♫ Take on me! ¡Take on me! ¡I'll beeeeee gonnnneeee! ¡¡¡¡En un día o doooooooosss!!!! ♫

Mierda, presta atención, Vick. ¿Cómo vas a salir?

Habla durante casi una hora. Yo lo llamaría divagar, pero habla con tanto desenfado. Estoy convencido de que podrían haber pasado tres o cuatro años, pero el reloj de la pared me decía lo contrario. Era retorcida. Astuta. Había pasado meses estudiando cada ángulo de lo que ella llamaba su "plan". Siempre se refiere a él como "el plan". Gracias a Dios, el efecto de las drogas está desapareciendo. Noto que mis brazos vuelven a tener fuerza. Aprieto el puño y siento el crujido del cuero en la muñeca.

Había gastado una fortuna con sus abogados en la creación de aquellos contratos. Días detrás de escritorios revisando todos los entresijos. Planeó la fiesta de Navidad y la fiesta posterior con meses de antelación. Ah, y yo tenía razón sobre las compras en eBay. Me dijo que se había acostado con mis camisas durante meses hasta que se le pegó mi olor. ¿Por qué las atractivas siempre están tan chifladas? ¿Qué le pasó? ¿Comió muchos trozos de pintura? ¿Te tocó papá?

Luego me habló de Kraya. Cómo había estado envenenando lentamente su mente con cócteles de narcóticos y medicamentos. Tenía llave de nuestra casa e intercambiaba pastillas con regularidad. También había robado facturas vencidas, en un esfuerzo por hacer que Kraya pareciera irresponsable. De eso me di cuenta, pero pensé que era cosa mía, no de Kray. Revisaba nuestros saldos bancarios a menudo, y sabía el día exacto en que debía ponerse en contacto conmigo para obtener la mejor probabilidad de donación de esperma.

"¿Realmente querías un bebé?" Ahora mis palabras son mucho menos confusas.

"¡Por supuesto! Pero tiene que ser real. Real como anoche...". Su voz se entrecorta y se concentra en el techo durante un largo rato. Con los ojos en blanco, mirando al espacio. Es difícil ver el esplendor de la mujer a la que respetaba, e incluso admiraba, mostrando sus verdaderos colores. Alex era un pavo real que resultó ser una zarigüeya sosteniendo unos palos pintados con spray.

"¿Eran tuyos los billetes de lotería? ¿De heroína?"

La sonrisa socarrona de Alex habló por ella. "¡Culpable!" Levanta una mano juguetona.

"¿Y todas las visitas a la clínica para donar esperma? ¿Los médicos? ¿Estaban al tanto?"

"Cuidadosamente planeado, Vick. He dedicado tanto tiempo a traerte aquí. He esperado y trabajado tanto para estar contigo. Increíble, ¿verdad? ¿Ves cuánto te quiero?"

"¿Lo sabían todos los doctores? ¿Los abogados?" Me siento engañado: me habían tomado el pelo y soy el único tonto demasiado tonto para verlo.

"No. Dios, no. No confiaría en que no lo estropearan. Falsifiqué algunos resultados e hilé algunas historias creíbles... ¡tantas historias, Vick! ¿No lo ves? Cada una de esas personas desempeñó un papel en mi plan. En nuestro plan. Y cada una de ellas necesitaba un guión. Yo escribí todos los guiones. Yo hice posible todo esto. Sólo para estar contigo".

Me besa, chupando y lamiendo violentamente mi boca. Me da asco. Su sabor, antes dulce, es ahora vinagre en mis encías. Me ha robado algo que nunca recuperaré.

Es peligrosa. Tengo que hacerlo bien. ¿O no? ¿Sería tan terrible aprovecharme de su obsesión en beneficio propio? Ella es aterradora, sin duda, pero esto puede salirme bien.

"Hiciste todo eso...". Hago una pausa dramática, con los ojos muy abiertos y estupefacto - "... ¿por mí?".

La sonrisa de Alex es tan grande que puedo verle las muelas de arriba. "¡Sí! ¿Te encanta?"

"Yo... creo que sí. Nadie ha hecho nunca algo así por mí. Apenas recibo una tarjeta de cumpleaños de la mayoría de la gente", dije.

"Claro que no, Vick. ¡Te amo! Estamos hechos el uno para el otro!", dijo abrazándome el pecho.

"Puede ser. Pero necesito más. Me conoces muy bien. Necesito conocerte. Es lo justo".

"¡Claro! Por supuesto". Tiembla de emoción. Una bola de energía en mi regazo.

"Y estas ataduras no ayudan a nuestra confianza, Alex".

"¿No? ¿Pero sabes qué?" Alex se inclinó hacia mí, respirando en el lóbulo de mi oreja izquierda, y susurró: "Sirven para algo...".

Siento calor en mis pantalones. Una mano, supongo, se cuela por mi cintura. Caliente en mi pantalón mientras lo agarra de nuevo.

"No tienes que moverte, cariño". Sus susurros son roncos y sucios. Me baja los pantalones hasta los tobillos. Siento el calor de su piel en mi pelvis. Está resbaladiza, burlándose de mi piel, mi excitación es involuntaria.

"Espera... espera. ¿Estuviste casada? ¿Hay un ex marido?"

Dejó de deslizarse sobre mi cintura. Su mirada era fuerte e intencionada. "Sí, estuve casada".

"¿Qué pasó? ¿Realmente falleció?" pregunté.

Se quitó la blusa y apretó su pecho desnudo contra el mío. "Sí. Murió...". Alex levantó mi pene, deslizándose sobre él en un súbito resbalón. Susurró: "Una tragedia, ¿verdad?". Alex sonrió satisfecha, empalándose aún más en mi pene. "Lo maté para estar contigo, Profesor". Me enterró más profundamente dentro de ella y se apretó a mi alrededor, empezando a botar suavemente. "Murió aquí mismo". Señaló la cama con un dedo fino. "¡Justo aquí!" Ella se apretó y tuvo espasmos. "Justo aquí, bebé. Acabé con él para que estuviera contigo!" Arañándome el pecho- "¡Lo hice por ti!" Gritó: "¡Te amo, Victor Miller!".

CAPÍTULO CINCUENTA Y OCHO
UNOS MESES DESPUÉS

El camarero se tropezó para servirla, literal y figuradamente. Alex, con su bikini rosa de lunares, pidió dos piñas coladas. Una para mí y otra para ella. El cielo estaba despejado, el viento en calma y el sol cálido. La alberca era una de esas geniales albercas con bordes que desaparecen que había visto en las revistas de viajes. El borde se fundía perfectamente con el océano. Todo el mundo dice que hace demasiado frío para bañarse en el Atlántico, pero yo lo había hecho todas las noches de todos modos. Alex eligió nuestro destino. Nunca había estado en Marruecos y, sinceramente, no tenía ni idea de dónde estaba. Nos alojamos en la costa norte, a un salto al norte de Casablanca, otra ciudad que nunca supe encontrar en un mapa. El complejo era precioso. Tres restaurantes, cuatro albercas, seis jacuzzis, un helipuerto y un salón de cabaret en el nivel inferior. Es uno de esos destinos para ricos que utilizan nombres como cabaña o villa para describir tu habitación.

Ya llevábamos aquí nueve días. Nuestra piel se estaba transformando en un marrón dorado como la mantequilla de cacahuete por las incontables horas junto a la alberca.

Es una locura pensar que ya habían pasado dos meses desde que nos casamos. Me arriesgué, hice lo mejor que pude y salí ganando. Mi amigo Rob redactó y entregó los papeles del divorcio a Kraya. Ella lo firmó en su celda de la cárcel, donde espera el juicio por posesión de heroína, poner en peligro a menores, conducir bajo los efectos del alcohol y un puñado de cargos más. Rob cuida de Junior mientras estamos fuera. Le pagué generosamente, tanto por la ayuda legal como por vigilar al pequeño.

Ahora Alex y yo lo compartimos todo. Es parte de mi acuerdo. Le dije que necesitaba tener acceso a todo si quería confiar en ella. El pasado es el pasado, pero de cara al futuro, necesito una transparencia total y un acceso claro si quiero aprender a confiar en ella. Estuvo de acuerdo. Claro que aceptó. Me ama. Me adora. Es increíble el esfuerzo que ha hecho para engancharme. Pero no aceptó sin condiciones, no, eso no sería propio de Livingston. Si yo tenía acceso a todo, ella necesitaba algo para consolidar mi confianza. Mi hijo. Ahora legalmente nuestro hijo. El papeleo de la adopción era más espeso que el del divorcio, pero lo hicimos.

Después de recibir las copias firmadas del certificado de divorcio, Alex y yo volamos a Marruecos. No necesitábamos familia ni amigos. Nos teníamos el uno al otro. O mejor dicho, Alex me tenía a mí y yo tengo todo lo que Alex puede ofrecer.

Estaba impresionante caminando por la playa con ese vestido blanco. Contratamos a unas cuantas personas guapas como damas de honor y padrinos para completar el look. Arena perfecta y suave entre nuestros dedos, un sacerdote marroquí dirigiendo nuestros votos y un beso final para solidificar nuestra nupcialidad.

Celebramos nuestra nueva unión todas las noches con bebidas afrutadas y juegos en el jacuzzi. Lo reconozco: es una buena cogedora. Muy buena. Claro que ella prefiere llamarlo hacer el amor. Así que ahora lo llamo hacer el amor para tenerla contenta.

Volvió con nuestras piñas coladas. El viento se levantó un poco, arrastrando a la alberca las toallas sueltas de nuestras sillas de alberca y unos cuantos montones de servilletas de bar. Ningún otro huésped nos molestó, no podían: reservamos todo el complejo.

El personal estaba comprado y con propina antes de que llegáramos. Todo estaba listo antes de que nuestro jet privado llegara a la pista.

"¡Está haciendo viento!" dijo Alex, sujetándose la toalla que agitaba.

"Lo está..." Tomé la bebida de coco y asentí a mi nueva novia con una sonrisa. "¡Gracias! Estas cosas son increíbles". Sorbo. Y sorbo un poco más. Parece que no puedo saciar mi sed de bebida desde que llegué. Ha sido un año duro. Chupo la bebida hasta que el popote hace gorgoteos vacíos. Alex aún no había quitado el condón de papel de la parte superior del popote. Se le desencajó la mandíbula. "Sabes que se supone que hay que probarlos, ¿verdad, Profesor?".

"Alex. Nena. ¿En serio? Basta ya con la mierda del profesor".

Apoyó el trasero a mi lado en la silla de la tumbona. "Lo sé... pero es un poco sexy, ¿no crees? Hemos pasado por tantas cosas juntos. Me excita pensar en ti como profesor...". Me roza el pecho con un dedo, mordiéndose el labio. Por Dios, mujer, ¿alguna vez se te seca la libido?

Muerdo el anzuelo. Tiene buen aspecto e intento por todos los medios aprender a quererla. Su cuerpo y su cartera me encantaron desde el primer momento, pero su mente me va a costar convencerla.

Juguetonamente, me llevó a nuestra villa. Elaborados arcos de piedra y cuidados setos nos condujeron a través del laberinto de nuestro complejo. La tarjeta-llave se deslizó en el hueco sobre la manilla de la puerta y nuestra habitación se desbloqueó con un timbre. Una vez dentro, Alex estiró de los cordones que colgaban de los laterales de su bikini. Las delicadas piezas del traje de baño caen al suelo. La sangre corre por debajo de mi cintura. Salta sobre mí y suelta una risa infantil al aterrizar. "¿No es maravilloso, Vick? ¡Uf! Es... es que... las cosas no podrían haber salido mejor".

"Oh, no sé. Podrías haberme dicho que querías escaparte conmigo en vez de hacer toda esa mierda espeluznante". Eso me hizo soltar una buena carcajada. Lo habíamos hablado tantas veces que se estaba volviendo repetitivo.

Volvimos a tener sexo. Nada del otro mundo. Misionero con algunas modificaciones. Ella gritó. Yo grité. Todos gritamos pidiendo un helado. Me recosté en un estiramiento sudoroso. Alex, igual de sudorosa, brillaba en el edredón a mi lado. Su dedo trazó la cicatriz de mi pecho.

"Tus habilidades con el photoshop necesitan ayuda, Alex".

Ella sonrió satisfecha, arrastró el dedo por mi mancha de piel descolorida y dijo: "No puedo creer que olvidara algo tan sencillo, algo tan pequeño. ¿Cómo pude ser tan estúpida?

Su expresión cambió del brillo post-sexo a la duda y se apartó de mí, mirando hacia la pared de estuco con la terrible imitación de Picasso. Puede dar un poco de miedo. Un segundo, un encanto, una belleza con una conversación calculada y perfecta. Al siguiente, depresiones, altibajos y rabia. Tiene problemas. Junto con esos problemas, tiene millones de amigos verdes llamados "Bill" que me alegra conocer.

"Eh... eh, no vuelvas por ahí", dije mientras me incorporaba. Apoyé una mano reconfortante en su hombro desnudo. "Todo es estupendo, ¿recuerdas? No hace falta pensar en lo negativo".

"Tienes razón", dijo Alex, sonriendo ahora. Se volvió hacia mí y mi cicatriz. "Tienes razón. Todo salió bien. No lo eché a perder. No estropeé el plan. Funcionó".

Agarro su mano con la mía y le susurro: "El plan está completo. ¡Tú ganas! Ahora soy todo tuyo, Alex. Será mejor que cuides bien de mí". He descubierto que si me hago el interesante y actúo como un encantador de serpientes, se calma. Sus episodios se han convertido en una parte habitual de nuestras vidas. Como el molesto perro ladrador de un vecino al que finalmente aprendes a ignorar.

"¡Eres increíble, Profesor! Dios mío, ¡me encantas! ¿Te puedes creer que esta noche nos van a dar los anillos?". Fue idea suya tatuarnos los anillos en los dedos. Expresé mis reservas, pero al final le dije que lo haría. "Salud y enfermedad, Profesor. Hasta que la muerte nos separe".

Descorchó otra botella de champán y llenó nuestras copas. No sé si lo de "hasta que la muerte nos separe" era una amenaza o simplemente Alex era Alex. En cualquier caso, estuve totalmente de acuerdo y tomé la copa de burbujas con una sonrisa burlona. Las burbujas doradas flotaban en bonitas líneas.

"¿Crees que esta noche es la noche?". Dio un sorbo al champán y meneó el trasero desnudo durante todo el camino hasta el baño. Nuestra villa tiene un plano demasiado abierto, en el que el cuarto de baño está abierto de par en par al dormitorio, separado sólo por unos trozos de cristal transparente. Se puso en cuclillas sobre el inodoro, goteando sobre la barra rosa. Me hizo un gesto de excitación desenfrenada mientras esperaba a que aparecieran las líneas.

Alex se sentó un rato, expectante sobre el retrete. Me quité las sábanas y me metí en la bañera de hidromasaje que había entre el salón y el dormitorio. Una gran ventaja de la planta siempre tan abierta es que puedo vigilar a Alex desde todas partes. O quizá eso era exactamente lo que estaba pensando. Pasaron los segundos. Minutos. Al cabo de un rato, se levantó, se limpió el trasero y tiró la barra a la basura. Mierda. Apestaba a decepción.

Tras lavarse las manos en el extraño lavabo de mármol, Alex se unió a mí en la bañera. Se acurrucó junto a mí, cerca de los fuertes chorros. Huelo champán en su aliento y veo una lágrima rodar por su nariz. "Cariño, no pasa nada. La próxima vez, ¿no? La práctica hace al maestro". Eso le gustó y se secó la lágrima con un resoplido y una sonrisa.

"¿Sí? Probablemente tengas razón. La gente nunca se embaraza tan pronto. Puede que tardemos un poco. ¿Y sabes qué?" Alex me pellizcó la barbilla. "No tenemos más que tiempo". Me abrazó con fuerza, como una madre que asfixia a su bebé. "Eres increíble y paciente y maravilloso y divertido y dulce y brillante y vamos a conseguir un embarazo, Vick".

Me besó. Su mejor y último beso. "Tú también eres increíble, Alex". La agarro del cabello con la mano libre y sumerjo su cara bajo el agua. "¡Eres jodidamente increíble, Alex!". Ella forcejea contra mis brazos. También es una zorra fuerte. Es capaz de sacar la cabeza del agua para una rápida y sonora toma de aire. Vuelve a meterse en la bañera. ¡Zas! Luchando, agita los brazos, da patadas con las piernas y retuerce el torso como una trucha furiosa.

Tardó más de lo que esperaba en empezar a retorcerse y dejar de flotar. La mantengo sumergida un minuto más por si acaso. Mientras espero a que se muera del todo, bebo un sorbo de champán. Delicioso.

CAPÍTULO CINCUENTA Y NUEVE

HACE UNOS MESES

"Rob".

"Hablando".

"Rob, tenemos que hablar".

"¿Qué quieres, amigo? ¿Tienes otro contrato de esperma que tengo que revisar?" Se ríe al teléfono.

"No. Umm, no. Esta vez no es tan fácil. Necesito los papeles del divorcio".

"Vick, para. Sé que estás furioso, pero es sólo un error. Tiene que serlo".

"Da igual. Me da igual. Necesito los papeles del divorcio hoy mismo".

"Ni hablar. Es demasiado tarde. Tengo que volver a casa".

"Te pagaré mil dólares. Por página. Lo necesito cuanto antes. Además, necesito nuevos documentos matrimoniales y formularios de custodia de menores".

Silencio.

"Rob, ¿estás ahí?"

Silencio.

"¿Rob?"

"Estoy aquí. Estoy... estoy... asimilándolo todo. ¿Estás bien? ¿Formularios matrimoniales? ¿Custodia? ¿Para qué?"

"Te diré una cosa. Nos vemos en casa de Phil para que pueda firmar los formularios. Está más cerca que tu despacho".

" ¿Deeeeeee acueeeeerdo? Te veré allí dentro de una hora. Puede que tarde un poco en preparar los formularios".

"De acuerdo. No pasa nada, siempre que podamos finalizar el divorcio lo antes posible, estoy bien".

Tardé unos minutos en llegar a la Taberna de Phil. Phil's es el viejo bar de mala muerte que hay junto a la autopista. Había sido una taberna en la época de las minas de carbón y tenía fama de ofrecer bebidas fuertes y buenas palomitas. Hay quien dice que aquel lugar fue un burdel en los años mil ochocientos. Esas "algunas personas" también cosían historias de borrachos sobre el Área Cincuenta y Uno y conspiraciones de vacunación del gobierno. Dejé el teléfono en el coche y entré. Me tomé una copa. Luego otra. La tercera la bebí a sorbos. Seguía necesitando al menos uno o dos tragos de ingenio. Rob llegó una hora más tarde. Mi tercer trago menguaba, pero seguía vivo.

Sin preliminares, sin cháchara. Rob fue directo al grano. "Vick, sé que estás furioso con ella. Pero escúchame...".

"No, escúchame, Rob. No quiero divorciarme de ella. No quiero. Pero he encontrado una oportunidad para mí y para mi familia que no puedo dejar pasar...

" Terminé la bebida número tres y cuatro y empecé la número cinco mientras le contaba a Rob lo de Alex. Se lo conté todo. Hablamos de las donaciones de esperma, los medicamentos, la heroína e incluso los billetes de lotería. Hablé de su extraña habitación pervertida con el seis en la puerta, y le dije que todos mis dispositivos electrónicos debían presumirse intervenidos.

"Ah, por eso querías reunirte aquí, no en mi despacho. Sabía que pasaba algo". Dio un manotazo en la mesa y bebió un trago de bourbon. Derramó unas gotas de alcohol sobre los papeles del divorcio y el certificado, y los limpió con una servilleta de bar manchada de bebida.

"Revísalos cuando llegues a casa". Le pasé una memoria USB por la mesa. "Pero seguiré necesitando el divorcio. Y un certificado de matrimonio, la cesión de la custodia de los hijos, la adopción y algunos formularios más".

"No lo entiendo, colega", dijo Rob. Levantó la memoria USB de la mesa y la miró con curiosidad.

"Bien. Entonces no serás cómplice". Apuré el resto del trago cinco, firmé los formularios de divorcio y cualquier otra cosa que tuviera una flecha amarilla de "¡Firma aquí!". Me puse el abrigo y le dije que le llamaría. Me dijo que enviaría por correo electrónico cualquier otro formulario que necesitara lo antes posible y que conseguiría los certificados notariales.

"¿Eh, Rob? Revisa la memoria USB. Asegúrate de que lo reciban las personas adecuadas".

CAPÍTULO SESENTA
El Presente

Me tomé un momento para recomponerme. Alex llevaba diez minutos flotando en la superficie burbujeante del jacuzzi. Estaba muerta, dejando tras de sí el casco de una zorra. O tal vez, ¿la sopa de una zorra? Aunque no estoy seguro de si se puede calificar de sopa porque no hay fideos ni chícharos ni nada.

Llamé a recepción e hice mi mejor imitación de una luna de miel frenética. Las sirenas y los uniformes no tardaron en irrumpir en la habitación. Médicos, doctores y policías se paseaban por la habitación. Algunos me miraban con empatía, otros con recelo.

Llamaron a un intérprete porque yo no hablo árabe y ellos apenas hablaban inglés, y como una chica muerta está flotando por ahí como un terrible juego de buscar manzanas, necesitaban que la historia se comunicara clara y correctamente.

"Yo-yo-yo-yo estaba con ella, y cuando volví de la regadera, estaba así. Intenté hacerle RCP, pero no pude... (gemido con un atisbo de sollozo) ¡No pude recuperarla!". dije con más llanto de academia.

El olor a alcohol era fuerte en su aliento mientras los médicos bombeaban sobre su pecho desnudo y muerto. El camarero corroboró mi historia, diciéndoles que habíamos estado bebiendo como peces desde que llegamos. Les dijo que parecíamos felices. Nada de peleas, sólo mucho sexo. El personal del hotel oyó nuestros gritos de júbilo por los jardines de la villa.

Esperaba que aquello funcionara. Llevaba días gimiendo tan fuerte que me dolían las tráqueas. En otro esfuerzo por aparentar que estábamos inocentemente enamorados, esparcí notas de amor por la habitación, pero ninguno de los policías las vio. O quizá ninguno quiso hacer el papeleo para obtener más pruebas. En cualquier caso, alguien debió de decirles que parecía lo bastante bueno como para que lo consideraran un ahogamiento accidental de una tipa borracha. En Estados Unidos, esto se habría investigado durante meses, pero aquí no. Sus "riquezas" no levantaron ni una ceja. Aquí, sus muchos millones no eran nada comparados con los miles de millones con "b" de los barones del petróleo.

"¡No sabía que estuviera tan borracha! Mi... (sollozo) ¡mi mujer!".

Disculpas acentuadas de todos los que pasaban a mi lado. Me senté en la cama. Llorando a veces, bebiendo el resto. Más médicos. Un forense. Más policías, algunos con traje en lugar de la cota de malla. También lo declararon accidental. Me quedé de piedra. ¿Hasta qué punto era ridículo? Estaba seguro de que pasaría unos días en su extraña cárcel de Oriente Medio antes de que se dieran cuenta de que no había pruebas suficientes para encerrarme.

Me hicieron firmar un montón de formularios: un informe del forense, una carta de investigación, liberaciones de extradición, certificado de defunción y algunas cosas más que apenas leí. Tenía los ojos demasiado hinchados para seguir leyendo. La tachuela que me había puesto en el trasero funcionaba. Quizá demasiado bien. Aquella tachuela me dolía. Cada vez que me movía se clavaba en el mismo agujero torturado de la piel de mi trasero. No me dolía lo suficiente como para llorar, pero seguro que me facilitaba recordar cómo hacerlo.

Uno de los detectives me dijo que sentía mucho que me hubiera pasado esto en mi luna de miel. Luego tarareó algo en árabe y me estrechó la mano. Me dijo que era una oración para ayudarme a superar mi pérdida. Le di las gracias y le dije que era precioso.

Finalmente, tras seis largas y agotadoras horas, después de tomar todas las fotos, firmar formularios, hacer declaraciones y mantener conversaciones tranquilas, sacaron su cuerpo de la sala y me dejaron solo.

CAPÍTULO SESENTA Y UNO

Preparar un vuelo de vuelta a Estados Unidos fue sencillo. La gente responde a tu llamada a cualquier hora cuando tienes dinero para gastar. Esperé en el aeropuerto en una sala privada. Vi cómo cargaban el avión con mis maletas y el ataúd. El ataúd tampoco era lujoso, sólo una caja de cedro con unos símbolos árabes en la parte superior. Aún no había comido, así que probé el tagine, un cóctel de ternera y arroz y otros misterios sumergidos de Oriente. La verdad es que no estaba mal. Sabía como un plato asiático extrañamente especiado.

La máquina que utilizaron para cargar su cuerpo en el avión se alejó y sentí punzadas de arrepentimiento. Bueno, quizá no de arrepentimiento, sino de culpabilidad. ¿Tenía que matarla? Recuerda, intentó matar a Kraya o al menos hizo que quisiera morir. Destrozó a mi familia. No podía dejarla pasar, ¿verdad? Tenía que hacer algo, era necesario. Era necesario para mantenerlos a salvo de futuros ataques de locura de Alex. Tampoco estaba de más que lo hubiera arreglado a mi favor económicamente. Ella era vulnerable y yo tenía ventaja, así que pruébame.

Subí al avión y estaba solo en la cabina, salvo por un par de azafatas atractivas. Sólo la tripulación y yo en este vuelo. Los pilotos también eran simpáticos. Un montón de disculpas por mi pérdida seguidas de uno de esos suaves y reconfortantes apretones de manos a dos manos. Elegí sentarme cerca de la televisión. Ya he visto bastantes nubes, no hay necesidad de quedarse embobado mirándolas como un niño gordo el primer día en el parque de atracciones.

Tomé un vaso de lo que supuse que era vino tinto caro antes del despegue. Aunque no soy aficionado al vino, estaba delicioso. Creo que va contra las normas beber vino rápidamente, pero lo hice de todos modos. La asiática tetona del disfraz de azafata se apresuró a servirme otro.

A treinta mil pies de altura, el piloto se dirigió a mí por mi nombre, me contó algunos datos sobre el vuelo y me preguntó si necesitaba algo, que podía pedírselo a las señoritas o acercarme y abrir la puerta para hablar con ellas. La seguridad no es un problema con los aviones privados. Estos tipos saben que te has gastado cinco o seis cifras para volar unas horas y que hay formas más baratas y menos terroríficas de que un ricachón se reúna con su creador.

Saqué un pequeño papel doblado de mi cartera. Empecé por el número uno de la lista y levanté el teléfono del escritorio de madera que había junto a mi asiento. Llamé a Rob. Contestó profesionalmente porque no reconocía mi número.

"¿Vick? ¡Mierda! ¿Cuánto ha pasado, unos meses? ¿Qué está pasando?"

"Hola, amigo. Podemos ponernos al día cuando vuelva; necesito que hagas algunas cosas por mí. Lo primero, ¿funcionó?"

"Funcionó. No fue tan fácil como pensaba. El juez investigó un poco y la dejó en libertad. Al principio no se creyó la grabación de Alexa, así que hizo que un detective husmeara en su departamento. El tipo encontró un montón de las cosas de las que hablabais en la grabación. Oh, Alexa está bien jodida. Emitió una orden de inmediato", dijo Rob.

"Sí... Eso es genial. ¿Así que Kraya está bien? ¿No hay cargos penales pendientes?" respondí. La memoria USB con mis conversaciones grabadas con Alex funcionó. Siempre me ponía muy nervioso que descubriera que estaba grabando sus confesiones. Si lo descubría, quién sabe lo que haría o de lo que sería capaz.

"No hay cargos, amigo. Se encuentra bien. Tardó unas semanas en volver a ser la de antes. Los médicos querían que tomara algunos medicamentos para el estrés, pero se ha ido volando. No confía en nada que se parezca siquiera a una pastilla".

"No la culpo. Dile que volveré pronto a casa".

"Está deseando que esto acabe".

"Yo también. Primero unas cuantas cosas. Necesito que autorices el pago en el banco. Lo enviaré... ahora". Adjunté el poder notarial a un correo electrónico y pulsé enviar.

"Y...". Hizo una pausa de unos segundos. "Entendido".

"Archívalo cuanto antes. Necesito acceso antes de aterrizar", dije.

"Sí, eso está muy bien, pero Alexa lo anulará en cuanto descubra que estás intentando convertir sus cuentas", dijo Rob, con preocupación en la voz.

"Alex falleció, Rob. Un trágico accidente en el jacuzzi".

La línea estaba en silencio. No podía oír cómo giraban sus engranajes, pero seguro que sí. "¿Sigues ahí?" Aunque mi vuelo era más caro que el de algunas casas pequeñas, la conexión era, a veces, con eco y poco confiable.

"Sí, amigo. Estoy aquí. Asimilándolo todo".

"Bien. No lo pienses demasiado, Rob. Tenemos trabajo que hacer".

"De acuerdo. Presentaré esto. ¿Algo más?"

Me alegro de que preguntara. Además del poder notarial, necesitaba que se activaran varias etiquetas de beneficiarios de sus cuentas, que se presentaran algunos papeles del seguro de vida y que se transfirieran las cuentas de efectivo del patrimonio. Le envié unos cuantos correos más y los recibió. Sus correos y su conversación fueron más reservados cuando le conté la prematura muerte de mi segunda esposa. Creo que le asustó.

No puedo culparles, suena espeluznante. Ya tendré tiempo de suavizar las cosas con él, y pronto sabrá lo que quiera saber. Pero ahora no. No hay tiempo para preocuparse por Rob. Tengo una larga lista y sólo unas pocas horas hábiles para hacer las cosas debido al cambio de hora. Aquí todavía era la hora del desayuno, pero en Estados Unidos se acercaba la hora de la tarde.

Más abajo en la lista encontré el número garabateado de Routine Movers, LLC, una empresa que había preparado antes de salir. Llamé y volví a hablar con Mike. Sonaba como un fumador de mediana edad de Boston que llevaba treinta años comiendo pizza. Sin embargo, era un tipo bastante agradable. Me dijo que podían adelantar mi cita, pero que añadiría un extra de "Cuatro de los grandes, por ya sabes, trabajo nocturno...". Le di la aprobación que necesitaba y los códigos de mi nuevo departamento en la Torre Livingston. El antiguo departamento de Alex. También le recordé a Mike que tirara toda la mierda de la habitación seis. Sin preguntas. Sin respuestas. Simplemente tíralo todo. Estoy seguro de que conservará las computadoras y tal vez el reloj, pero no me importa. Diablos, puede que incluso conserve algunos de los consoladores, si le gustan ese tipo de cosas. Lo único que me importa es que desaparezca. Para siempre.

Puse la dirección de entrega en Luxury Estate Sales and Auctions. Otra que encontré con una rápida búsqueda en Google. Llamé a Morty, un subastador estrafalario con mocos, y le dije que tenía un departamento lleno de cosas de lujo para rebuscar. Confirmó la dirección de entrega, las instrucciones de pago y me dijo adiós.

A continuación, llamé a mi banco y a unas diez oficinas e instituciones financieras más. Todos se mostraron sorprendentemente indiferentes ante la muerte de Alex. Era un día más en la oficina para estos banqueros, abogados y agentes de seguros. Qué grupo tan agradable. Mis dedos relampagueaban sobre el teclado, enviando documentos por correo electrónico y rellenando formularios. Todos recibieron la información que necesitaban antes de las 5 de la tarde, hora central. Para mí probablemente sigan siendo las 8 a.m., MFA, también conocidas como las 8 a.m. - Zona Horaria del Medio del Puto Océano Atlántico.

Por primera vez en meses, me recosté en la silla, cerré los ojos y me dormí sin la cabeza llena de ansiedad. Sí, claro. Yo maté a Alex, pero ella jodió a mi mujer. Jodió a mi hijo. Me jodió a mí. Lo estaba pidiendo a gritos. Además, apuesto a que ahora también está más relajada. Estreñida, pero relajada.

CAPÍTULO SESENTA Y DOS

Aún estaba oscuro cuando aterrizamos. Fue tan suave que apenas me di cuenta de que habíamos aterrizado. Me gusta volar en avión privado. Buena comida, buen vino, personal agradable... qué delicia. También ayudó que no hubiera en el vuelo ningún adolescente molesto y saltarín de Ohio. La policía local me recibió en la pista con rifles y el ceño fruncido. ¡Sorpresa!

Mierda. Mierda. Mierda. Ellos lo saben. Sabía que no debía haber presentado el seguro de vida tan rápido. ¡Maldita sea! Cuando el avión se detuvo suavemente, lo rodearon. Unos cuantos todoterrenos y un montón de negros y blancos; sus luces rojas y azules parpadeaban intensamente contra la noche.

Pedí otro trago de aquel vino de lujo y Asia estuvo encantada de llenarme el vaso. Demonios, qué buen vino. Puede que sea mi última probada de libertad y vino durante un buen tiempo.

La tripulación abrió la puerta, dejando entrar los extraños olores de los motores y el aire fresco. Las escaleras descendieron hasta el asfalto de cemento y subió el pelotón de policías estadounidenses uniformados. Estos tipos eran muy diferentes de la policía marroquí. Apuesto a que la barba incipiente del primer agente podría darle una paliza a uno de los sargentos marroquíes.

"¿Sr. Víctor Miller?" preguntó el agente Boose.

"¿Sí?" dije.

"Victor..."

Oh, mierda, ¡ahí viene!

"Miller, tenemos una orden de arresto..."

¡Mierda!

"...para Alexa Lee Livingston, alias Alexa Lee Miller. ¿Está a bordo de este avión? Nos dijeron que estaría".

Maldita sea, ¿me están tomando el pelo, amigos? "Sí, umm. Sí...". Necesitaba un poco de jamón para esto. No como el jamón de los chistes de polis y cerdos, sino como el jamón de las bromas. (Está en la bodega de carga, agente. Solté un resuello y otro resoplido. "Ha muerto". Perdí el control. Casi me dio risa, pero me contuve y empecé a llorar. Me gustaría dar las gracias a Dios, a mi mujer y a mi hijo por este premio a la mejor interpretación teatral.

"Señor, siento oírlo, pero de todas formas vamos a tener que registrar el avión".

Y una mierda. Me puso las esposas. Demonios, esposaron a todo el mundo en el avión. Llegaron incluso a abrir el ataúd y cotejar la foto con la del Departamento de Tráfico. Si hubiera sido una mujer a la que amaba, me habría enfurecido. Mi teatro continuó. Sollocé, me contuve, lloré y luego me quedé sentado, con cara de piedra y agotado. De nuevo, material para trofeos.

Se disculparon, revisaron mis certificados de defunción y me quitaron las esposas con un clic. Me dijeron que tendría que enviar el certificado de defunción a un juez antes del lunes o probablemente seguirían apareciendo para buscarla.

Le dije que lo haría. Me hablaron de su orden de detención, y de que la acusaban de fraude, envenenamiento con intención, allanamiento de morada, hurto mayor, acoso, secuestro y un montón de cosas buenas más. Rob, amigo, lo has hecho bien. La grabación de Alex bastó para borrar el historial de Kray y maldecir el de Alex. Los policías me dieron unas tarjetas de visita y se fueron. No sabían que yo era quien estaba detrás de todo. Sólo eran los gordinflones encargados de embolsar al maleante.

¡Qué semana! Me he enfrentado, y evadido, a dos grupos de departamentos de policía en distintos continentes. ¿De verdad es tan fácil? En su defensa, estos últimos tipos no buscaban a un sospechoso de asesinato, sino una orden judicial. Y a los tipos marroquíes les importaba una mierda otro turista americano mocoso. Sin embargo, debería tener cuidado. Puede que no tenga tanta suerte si se produce un tercer ataque.

Cuando se me pasó la adrenalina, arrastré el equipaje por la pista hasta el coche que me esperaba, un sedán negro con un conductor del tamaño de un guardaespaldas. La reserva era otra de las llamadas que hice en el aire. Estaba apoyado en el Lincoln negro con un traje bien ajustado. Tenía los zapatos desgastados y la sombra de las cinco de la tarde, pero se notaba que iba en serio.

Le saludé con un apretón de manos y le pregunté: "Nick Kage, ¿con K?". Iba a ser divertido decir que tenía a Nick Kage conduciéndome, aunque no fuera el tipo de Face Off.

"Eso es, yo. ¿Eres Vick? ¿Víctor Livingston?"

"Tienes razón a medias. Soy Victor Miller, y vamos a la Torre Livingston".

"Sí, una mierda. A veces me confundo con las notas", dijo, golpeándose en un lado de la cabeza con la palma de la mano.

Un tipo bastante agradable. Y buen conductor. Aunque quizá un poco lento. No lento como una anciana floridana al volante, sino del otro tipo. Pero, ¿cómo de listo hay que ser para recogerme en el aeropuerto y esperarme en la puerta de la Torre Livingston? Cerró la puerta tras de mí con un ruido sordo. Sin motores de avión. Ni policías. Ninguna conversación: sólo la parte trasera del silencioso coche. Saqué el teléfono y llamé a Rob.

"¡Buenos días, Rob!"

"Amigo. ¿Sabes qué hora es?"

"¿Es una pregunta en serio?"

"Oh, mierda. (Bostezo) Debo de haber olvidado la alarma...". Podía oírle tanteando para salir de la cama, con su mujer refunfuñando de fondo. "Nos vemos allí dentro de una hora. ¿Te parece bien?"

"Sí, está bien. ¿Kray y el Hombrecito van a estar allí?". Maldito Rob. El tipo podría dormir durante un trainado (¿Qué, nunca has oído hablar de un tornado lleno de trenes?)

"Por supuesto. Les hace mucha ilusión verte".

"Qué bien. Yo también. Hasta pronto".

Colgué y me metí el teléfono en el bolsillo de la chaqueta. Sólo unas pocas paradas más. Primero estacionamos delante de Manhattan Mutual and Trust. Había pedido a un banquero que abriera temprano, sólo para mí, para finalizar las transferencias de fondos. Entré en el banco resonante y lleno de mármol y me encontré con la única persona que había allí. Todos los despachos estaban a oscuras, excepto uno: el suyo. También hacía frío en el banco.

El Sr. Peterstorf me guió hasta su despacho con un gesto agradable y un saludo. Hice una broma sobre que el banco estaba vacío y él me miró con ojos sin vida y se rió. Respondió con un comentario sobre el café, y sobre cómo nunca hay suficiente. Hicimos algunos intentos más de charla trivial, pero fracasamos estrepitosamente debido a su sentido del humor (o a la falta de él). Era difícil ser gracioso o estar despierto tan temprano. ¿O todavía se puede considerar tarde por la noche? Este tipo estaba que echaba humo.

Verificó mis solicitudes de transferencia y escaneó copias de mi DNI y otros certificados. Formaba parte de mi trato con Alex que yo tendría acceso a todo. A todos sus computadoras, documentos y, por supuesto, a todo su dinero. Pero es una chica lista. Me dio acceso a algunas de sus cuentas cuando nos casamos. Armado con un certificado de defunción, un testamento, un poder notarial y algunos otros documentos de aspecto complicado, ahora soy el único propietario de su fortuna. De toda ella, no sólo de las cuentas que ella quería que yo conociera.

Transferí algo más de ocho millones a mi cuenta de ahorros. También creé dos CD de diez millones de dólares, con casi todos los intereses canalizados hacia dos cuentas corrientes. Transferí el resto a otra cuenta nueva. En el vuelo, finalicé un fideicomiso, asegurándome de que mi familia dispondría siempre de ese dinero, con impuestos limitados, mientras existiera la entidad fiduciaria. El capital del fideicomiso no se tocaría nunca. Sin embargo, mis futuros herederos podrían cobrar los intereses.

Firmé un montón de papeles mientras el Sr. Peterstorf ocultaba un bostezo y bebía su café.

CAPÍTULO SESENTA Y TRES

La Torre Livingston era la última parada antes de reencontrarme finalmente con Kraya y mi hijo. Era un lugar que esperaba no volver a ver nunca. Estoy seguro de que el padre de Alex se molestará mucho cuando descubra que he vaciado todas sus cuentas. Pero, ¿qué puede hacer ahora? De todas formas, la mayor parte del dinero ya no me pertenece, sino a mi fideicomiso. Puede demandarme, llevarme a los tribunales, acosarme y robarme los centavos del bote del cambio, pero eso no cambiará el hecho de que nunca recuperará su dinero. Además, es el dinero de ella, no el de él. Y ahora es mío: la dote de su afligido viudo.

La Torre Livingston estaba bastante oscura a esas horas. Algunos despachos estaban iluminados, pero la mayoría esperaban al horario laboral para encender los focos. Estoy seguro de que su padre y su madre también están arriba, en alguna parte, sollozando sobre sus enormes almohadas. Demonios, yo también lo haría, si fuera mi hija.

Reconocí el grupo de caras que había tras el mostrador del vestíbulo. Me saludaron amablemente y me dejaron pasar. Nadie se apresura a entablar conversación con su viudo. Al menos, no esta noche.

Marqué uno-uno-tres-cero en el ascensor y lo llevé a su piso. Cuando se abrieron las puertas, no era como solía ser. Lo que antes era un pasillo impoluto, adornado con mármol recién encerado y manchas de madera tan oscuras que parecían inglesas, ahora parecía una obra en construcción. Su puerta estaba apuntalada con una lata de refresco arrugada y los azulejos estaban revestidos de láminas de plástico, que protegían el suelo de las mudanzas que duraban toda la noche. En su casa no quedaba nada. Literalmente nada, ni siquiera los electrodomésticos. Todas sus pertenencias habían desaparecido. Todos sus muebles, desaparecidos. Las botellas de vino tinto, desaparecidas. Su antigua casa es ahora una cáscara de lo que una vez fue. Como ella, supongo.

En un gran barril de basura marrón encontré algunos restos de la habitación, la espeluznante habitación con el número en la puerta. Algunas fotos destrozadas y unas cuantas pantallas de computadora. Resulta que los chicos me hicieron caso después de todo. Las pantallas de computadora habían sido aplastadas y arrojadas a este barril. Mi vieja chaqueta, algunas chucherías que no reconocí... todo. Las ventanas también estaban expuestas ahora. Se había acabado el papel de aluminio que protegía su peculiar habitación de la luz del sol. Ahora es un bonito y pintoresco despacho. Apuesto a que el próximo propietario pondrá allí un escritorio y tomará cócteles mientras paga sus facturas o navega por el porno como una persona normal. Arranqué el número seis de uno de los dos clavos de la puerta y lo tiré a la basura.

También revisé las demás habitaciones. Total y aliviadamente vacías. En el dormitorio, donde compartimos un buen rato y muchos terroríficos, sólo había algunos arañazos y abolladuras de muebles en el suelo. Sólo quedaba el olor de su perfume. Sentí una extraña sacudida de terror y excitación. Revisé el salón, el despacho, la cocina y el armario. Todos estériles. Todas sus cosas están en un camión, a sesenta y cinco por hora en la interestatal, rumbo a una subasta. Estos tipos deben de haberse pasado toda la noche descolgando cuadros y llevando sillones al elevador. Fotos... asquerosas. Fotos mías.

Di una última vuelta por el piso antes de cerrar la puerta. Los armarios estaban vacíos, no había cubiertos. Hasta habían tirado el papel higiénico. El piso saldrá a la venta mañana. Mi agente inmobiliario ya debería haber tomado fotos y preparado el listado. Podría venderlo yo mismo, pero prefiero dejárselo a un profesional y acabar con este zurullo.

Me detengo en su habitación del santuario por última vez. Apago la luz con la mano izquierda y cierro la puerta. En ese momento, antes de que la luz se vaciara de la habitación, vi algo. Algo lejos, bajo el escritorio del rincón, una curiosidad amarillenta y pardusca. Vuelvo a encender la luz y me agacho debajo del escritorio empotrado. Estiro un brazo bajo el rincón más largo y agarro lo que al principio pensé que era una pequeña botella de licor. Pero no lo era. No es licor en absoluto. Es una botella nueva y precintada de extracto de vainilla. Extraño lugar para que viva un ingrediente de cocina, pero da igual. Salgo de la habitación que una vez tuvo un seis en la puerta, apago todas las luces de su departamento, cierro la puerta principal y deslizo la vainilla en mi bolsillo.

Me quedo con la vainilla. Es sábado por la noche y Kraya tiene galletas que hornear.

Kraya's Chocolate Chip Cookies

Ingredients:
2¼ cups all-purpose flour
1 tsp baking soda
2 sticks butter (softened)
¾ cup granulated sugar
1 cup packed brown sugar
1 sloppy, overfilled tsp vanilla extract
2 large eggs
2 cups chocolate chips

Directions:
Preheat oven to 375 degrees.
Combine baking soda, salt, and flour in one bowl –
set aside.
In a separate bowl, beat (like stabbing a therapist)
butter, brown and granulated sugar, and vanilla
extract until creamy perfection. Add eggs, beat some
more.
Add flour, soda, and salt mixture (slowly, damn –
take your time.)
Make cookie balls; cook on baking sheet for 10
minutes-ish or until perfectly brown.
Cool for a few minutes.